百般滋味，
皆是生活

桂淑林——著

当代世界出版社
THE CONTEMPORARY WORLD PRESS

图书在版编目 (CIP) 数据

百般滋味，皆是生活 / 桂淑林著 . —北京：当代世界出版社，2020.9
  ISBN 978-7-5090-1388-5

Ⅰ. ①百… Ⅱ. ①桂… Ⅲ. ①随笔 – 作品集 – 中国 – 当代 Ⅳ. ① I267.1

中国版本图书馆 CIP 数据核字（2020）第 159394 号

书　　名：	百般滋味，皆是生活
出版发行：	当代世界出版社
地　　址：	北京市东城区地安门东大街 70-9 号
网　　址：	http://www.worldpress.org.cn
编务电话：	（010）83907528
发行电话：	（010）83908410（传真）
	13601274970
	18611107149
	13521909533
经　　销：	新华书店
印　　刷：	北京中科印刷有限公司
开　　本：	710 毫米 x1000 毫米　1/16
印　　张：	15
字　　数：	150 千字
版　　次：	2020 年 9 月第 1 版
印　　次：	2020 年 9 月第 1 次
书　　号：	ISBN 978-7-5090-1388-5
定　　价：	58.00 元

如发现印装质量问题，请与承印厂联系调换。
版权所有，翻印必究；未经许可，不得转载！

目录

壹 桐城岁月

- 3 我的童年趣事
- 8 我的中学岁月
- 14 刻骨铭心的 1982
- 22 我的逢"9"岁月
- 31 冬学往事
- 36 悠悠小学堂
- 41 天灾无情人有情
- 46 记老年大学的一堂历史课
- 50 不平凡的春节
- 55 疫情随想

贰　六尺巷文化

63　毛笔漫忆

68　老布漫忆

74　记忆中的那些灯

79　昔日桐城

86　桂家畈轶事

91　双港老街的陈年往事

98　桐城民间故事一

103　桐城民间故事二

114　桐城民间故事三

121　桐城民间故事四

叁　故乡之人

- 129　父母爱情
- 141　往事并不如烟
- 147　瑞儿妹妹
- 153　传奇姑妈
- 160　英子小娘
- 166　木匠小叔
- 173　零落的故交
- 179　水仙姑娘
- 185　小学老师

肆　旅行杂记

193　桐城的苍山洱海

197　游嬉子湖

201　游惠州西湖

207　游曲阜

213　游南浔古镇

218　游香港太平山

222　旅美杂记

壹

桐城岁月

我的童年趣事

我家门前街边有好几家水果店。每当我从这里经过,都会不由自主地放慢脚步,看看摊子上有没有桃子。然而现在水果店里卖桃子的少,摊位上摆着的大都是来自全国各地甚至国外的苹果、梨、香蕉、火龙果、椰子等,还有那种唐明皇曾为杨贵妃用千里马运回的新鲜荔枝,美其名曰"妃子笑"。现代人吃的水果太丰富了,这些水果我小时候连见都没见过。

我小时候,农村里所谓的水果就是桃子,梨子、杏子都很少见。桃子也分季节,最早熟的桃子是五月桃,又大又红,人们称其为"家桃";立秋后的桃子长不大,毛茸茸的,成熟后大多呈橙色,人们称其为"野桃"或"毛桃"。

多年来,我对那些摆在宴席上的五颜六色的珍贵水果兴趣不大，吃得也少。人老了，牙不行，甜的东西也不敢多吃，但是我对不起眼儿的五月桃、毛桃却情有独钟、难以割舍，原因不在于口感，而在于它勾起了我的童年回忆。看着这些小不点桃子，童年时所发生的事就一幕幕地展现在我眼前。

老家桂家畈是个椭圆形的村庄，被一条清水河环抱着。时光倒退七十年，我和我的同伴还都是少年。那时桂家畈的小河，清澈见底，碧波荡漾。两岸柳丝飘拂，不时在水面划上小小的痕印。村庄里面种了很多果树，每年正月到三月间，到处桃红柳绿，春意盎然。如果你身处其中，这美丽的村庄准能使你心旷神怡，如同到了陶渊明笔下的世外桃源。

从前，百姓过着衣不蔽体、家无余粮的日子。然而孩子终归是孩子，哪怕是吃了上顿无下顿，还是丢不掉天真烂漫。我们下水摘菱角、捉泥鳅，爬树摘桃子、掏鸟窝，生活丰富多彩。

村庄东头第一户人家屋后有一块地，种了几棵桃树，这里成了孩子们的乐园。桃树开花结果的时候，孩子们在园子里捉迷藏，追逐嬉闹。孩子们总是嘴馋，加上那时候总是吃不饱饭，半大孩子正是长身体的时候，玩闹时经常会顺手牵羊，把半熟不熟的桃子摘了吃。

村里大人都说，桃子还没熟呢，又小又涩，这样吃掉太可惜了！这家男主人是位善良而慈祥的教书先生，他倒不心疼桃子，而是想着另一个问题——孩子们爬树万一踩断了树枝，摔下来伤了手脚，岂不是害了他们吗？这就不是损失一点儿桃子的事了，一定要想办法让他们别来桃园玩。怎么制止他们呢？凭他的性格，他是不会采取强硬手段去对付他心中的这些小天使的。

仲夏的一个晚上，晚风清爽，月色朦胧，一群天真活泼的孩子兴高采烈地又来桃园玩闹。桃子又长到了半熟不熟的时候，伸手可摘，任谁也抑制不住将其摘了送到嘴里解馋的欲望。

此时，这家先生正在房间里踱步。略带凉意并带有香甜桃味的清风，从桃园里穿越窗户迎面而来。他推开窗户，看着在桃园里嬉闹的孩子们，爱怜之心油然而生。眼前的这些孩子，身处乱世，得不到身体发育所需的营养，他们想吃桃子就随他们吃吧！在这战火纷飞的年代，愿孩子们平安无事，玩得开心就好！

他正想着事呢，忽然觉得有些闷热，抬头仰望天空，云层加厚，黑压压的，风也息了，感觉大暴雨就要来了。等他再把目光投向桃园，孩子们都散了。他正要转身进里屋，忽然发现有一棵桃树在晃动。"咦！树上还有人呢！"他想喊树上的孩子赶快下来回家去，又怕孩子听到喊声害怕，从树上掉下来摔着。于是，他慢慢走到树下，平心静气地对树上的孩子说："下来吧！孩子，别摔着了。要下雨了，赶快回家吧，别让爸妈担心！"

这孩子原以为要被先生责骂，听到的却是先生温暖的话，感动得不知如何是好，从树上爬下来，一头扑到先生怀里，哇哇地哭起来。先生像慈父一样把孩子紧紧地搂在怀里，两行热泪滴在孩子的小脸蛋上，好言安慰一番后，先生把孩子送回了家。后来其他孩子都知道了这事，大家晓得先生这样爱护他们，从此再没人进桃园摘桃子了。再后来，一些当年在桃园里玩闹的孩子成了先生的学生。家长们说，有这样的好老师，必定能教出好学生，孩子在这样的好老师门下读书，我们放心！

桃园里的桃子得到保护，自由自在地在季节的步履声中成长，没过多少天就成熟了，又红又大的桃子把树枝都压弯了。先生家里人手不够，就请左邻右舍帮忙摘桃。高处的桃子手够不着，大家就用木棍扎钩子勾，坚决不上树，怕把树枝踩断。在邻居们的帮助下，成熟的桃子全摘了下来，装了好几箩筐，鲜红鲜红的，让人垂涎欲滴！

先生吩咐家人说，桂家畈老屋里总共也就二十几户人家，每户分一小篓，让大家都尝尝鲜吧！

吃完五月里的家桃，接着就是立秋后的毛桃。毛桃没有家桃大,肉也没有家桃那么嫩,但是老人们说毛桃更利于健康。毛桃成熟了,按照惯例,先生还是给每家送一点儿。吃了这家人的桃子,谁不夸这家人的好?这位先生和他家人的行动使邻里之间的关系更加和睦,也加深了孩子和长辈的感情。

从垂髫稚童到耄耋老人,我的一生已走过大半,但当年发生在桃园的往事却依然让我难以忘怀。

我的中学岁月

1957年，我17岁（虚岁，后同），考入刚刚开办的天城中学初中部，在那里度过了三年青春时光。岁月的长河滚滚向前，如今六十多年过去了，我已进入耄耋之年，但当年那些人那些事却深深地印在我的脑海里，时不时地浮现在我眼前。

双港街前500米西边有个小山岗，早期时有个庵堂，人称"大庵堂"，后来人们在此建立私塾、学堂，已有一百多年的历史。1956年，天城中学创立，那时候只有初中，所以也称为天城初中，又叫桐城二中。在此之前，桐城只有城关的两所中学：桐城中学和桐城初中。桐城县委对天城中学这所诞生于农村的中学很是关注，再加上那里的师生共同努力，不久后天城中学就被评为安庆地区重点中学。

那时天城中学的校长是赵剑英，他早年参加过革命，有丰富的工作经验，善于搞教育工作，对教师和学生的生活尤其关心。他早晚时会在校园里散步，碰到学生时会主动打招呼、聊天，了解学生的学习、生活情况，询问学生对学校有什么建议。他曾经参加过北京召开的教育工作群英会，是师生们敬仰的好校长。

在那个年代，考取初中就能转粮油户口，即农转非，这标志着你以后就不再是农民了，毕业后参加工作就是国家干部，你说有多少人羡慕和向往啊！我当然也不例外，喜悦之情溢于言表，家庭地位也迅速提升。读一年级的时候我是走读生，因为当时学校校舍数量有限，规定家庭住址离校五里之内的学生不可住校。

我家在学校北边的一个村庄，离学校不过两里路程，理应走读。我每天起早赶到学校上早读课，中午不回家，下午放学回家才能吃第二顿饭，饿肚子是经常的事，也习惯了。母亲怕我饿得难受，每天早上给我特殊待遇，在我上学前让我吃一碗干的。

我感觉那时的天城很大，里面有田地、树林、果园。道路是羊肠小道，本校师生从很远的地方挑沙铺地面，才有了后来的夹沙土的人行道。原来操场很小，也是我们师生共同出力流汗，用铁锹、锄头一铲一锄将其扩大的。

师生们自己种菜，菜多了吃不了就养了猪，以至于学校的蔬菜、猪肉都能自给自足，只有国家供应的粮油得用钱买，所以学生的伙食费也用不了多少钱，减轻了家长的经济负担。

那时，除了每星期有两节劳动课外，课外活动时间也要参加劳动。那时的教育方针就是教育与生产劳动相结合。学生们非常自觉，步调一致，服从集体安排。学生跟老师关系密切而单纯；学生之间也很团结，没有私心杂念，爱护班级荣誉。大家都在追求德、智、体全面发展，虽然生活条件艰苦，但都感到很温暖。

从第二年开始，我们就全部住校了，晚上要集体上自习课。班主任周美楠老师不仅关心学生的学习和生活，还会关心学生的家庭情况。记得我们班上有一位姓黄的女生，她哥哥在外地工作，父亲病故了，周老师就主动到她家里帮她办理父亲的丧事，让她能尽快地安心学习。周老师关心学生，做了很多自己工作职责范围以外的事，学生们和家长们都很感动。

双港铺到新安渡之间的公路是1959年修的。当年，修路的任务被分配到了各公社、大队、小队，以及机关、学校，天城中学的师生当然也有任务。那时候没有现代化的修路设备，完全靠人工肩挑、手扛、锄头挖。你可知道修筑公路有多艰难，要付出多少辛劳和汗水啊！

　　1959年冬，天气特别寒冷，凛冽的北风裹着团团白雪铺天盖地袭来，整个世界都被冻僵了。时间已到了腊月二十，但是天城中学的师生们因为有修公路的任务都没回家。我所在班的班主任倪益贵老师带领学生冒着严寒，迎着风雪，铲雪、挖土，学生扁担、粪箕肩上扛，一个个小脸蛋冻得通红，手脚冻得发麻，但大家依然有说有笑。

　　此时倪老师还感冒着呐！学生劝他回家休息，有班长领队就行了，但是倪老师怎么也不肯，转而看向几个年龄小的同学，说要回去也应该让他们先回去。但是那几个小同学也是人小志坚，不甘落后，坚持和同学们一起劳动。就这样，师生共同奋斗，终于完成了天城中学所承担的修路任务，等到腊月二十九才回家过年。

　　初中三年让我印象深刻的还有一位女老师，她叫张传英，是一名关注女学生的辅导员。她的工作是保证全体女生的身心健康。初中阶段正是女孩子的青春期，有些卫生知识需要辅导。那时候人们的思想还很封建，本是正常的事也因怕羞不敢说。

　　张老师像慈母一样关怀每个女生，经常召集女生开会，讲卫生知识。那个年代，学生都要参加体力劳动，但女生有时因生理情况不能参加重体力劳动。记得有一个女生有妇科病，而她的班主任是一位未婚年轻男老师，张老师毫不回避地跟这位班主任说了这个女生的情况。后来她说，这位班主任还没结婚，本来不便跟他说这些，但是为学生身体着想，必须得说。

张老师无微不至地关心着学生，大家都很感动。有一次，我因来例假肚子痛，那时物资紧缺，根本买不到红糖，张老师就把她坐月子时都舍不得喝的一点儿红糖送给了我，当时我感动得不知说什么才好，一下扑到她的怀里，两行滚烫的热泪流了下来。那个年代大人们都忙，无暇顾及自己的子女，得知子女在学校里得到老师的贴心照顾，心里如三九寒天时喝了一碗热腾腾的鸡汤一样温暖。

1960年，我初中毕业了。这一年，学校对教学任务抓得非常紧，因为我们是天城中学第二届初中毕业生，所以当时学校提出了一个口号——"炼好第二炉钢"。毕业前三个月，桐城三所中学的初中毕业生都集中到了桐城中学，一起备考、迎考。

到了一个新环境，大家更加团结，学习好的同学除了严格要求自己外，还挤出时间帮助学习较差的同学。白天的课程结束，晚上就进行考试，老师连夜阅卷，第二天上午成绩就出来了。哪个班第一，红旗就插到哪个班的教室前。这种激励的力量多大啊！

当时学校把我们初三比喻为"前方",把初一、初二比喻为"后方"。"前方"的大家拧成一股绳,学习成绩不断提升。

转眼之间就要分别了,三年来的师生情、同学谊历历在目,一旦分别,千言万语无从说起。大家的表达方式是互送照片。和我们一起来桐城中学的厨房工友潘先柏也向我们赠送了照片,我们也回赠了照片,互作纪念。

青春岁月让人难以忘怀。后来,我们都走上了工作岗位,开始了各自的人生道路,大部分同学断了联系。近年来微信兴起,一些失联的同学又重新有了联络。大家一起聊天,回忆过去的时光,谈论几十年的沧桑巨变,感慨万分。

刻骨铭心的 1982

1982 年春节，重病在床的父亲已到了弥留之际。

掐指算算，距离我大儿子高考还有一段时间。此时的父亲，病情日益加重，面容一天天地消瘦，躺在病榻上痛苦地呻吟。家人看在眼里，痛在心上，却又无能为力。

尽管这样，可一提到大孙子马上要参加高考，老人家立刻就来了精神："毫不保留地说，在正常情况下，老大是可以考取一般大学的。"说到这里，病魔似乎已从他身上溜走了，他的面颊上露出一丝丝经过努力才能显露的微笑，眼眸闪亮，充满期待。可见孙子在他心中的地位。

1977 年，国家恢复高考，父亲别提多高兴了，因为老人家本就是一名优秀的教书先生。他知道，他的孙子们都不算笨，只要努力，都有进入高等学府继续深造的机会，这也是老人家活着的精神支柱。

那时，广大城乡青年为了改变国家与自己的命运，都在认真看书，刻苦钻研，形成一股为实现四个现代化而努力的良好风气。

我父亲对我的三个孩子要求很高。后来，老人家全身心教孙子们古文。难怪乡邻们说，"他们家的孩子学习成绩好，是他们的爹爹（姥爷）教的"。这话虽然有些绝对，但是回过头来想一想，父亲在他的孙子们身上的确输送了不少古典文学的血液。

1980年春节，我家堂屋中堂的对联是父亲所书的——"勤俭持家法，忠诚处世方"。

1981年春节，父亲卧病在床，无法再写中堂的对联，就嘱咐长孙（也就是我的大儿子）按原意改写一下那副对联。而老大改出的对联是"承祖德忠诚处世，继遗风勤俭持家"。我父亲对大孙子改写的对联很是满意，反复诵读，赞不绝口。

父亲是1981年下半年患脑血栓的。这种病放到现在不至于危及生命，但在当时的医疗条件下，却是束手无策。父亲的病情一天天加重，直至后来卧床不起，等待死神的到来。

父亲去世时七十三岁。那个年代有"七十三、八十四，阎王不接自己去"的说法，也就是说人到了寿终正寝的岁数。

被病魔折磨得奄奄一息的父亲，常和来看望他的乡邻们说："我死不足惜，人生七十古来稀嘛，但我三个孙子……两个小的不用说，我想亲眼看大孙子上大学，但现在距离高考还有几个月时间，我撑不住了，来不及了。"说完，老人家流下了酸涩的泪水……

1982年农历二月十六，一天昏迷几次的父亲快要走到生命的尽头。我们安排好学校的工作后，就在家看守着病重的父亲。

按我父亲的意思，在他老人家去世之前，孩子们都必须在学校继续读书，不能在家守着他。

其实谁都知道，父亲心里是多么盼望在他生命的最后时刻，孙子们都能在他身边。但无论什么时候，父亲惦记的都不是他自己，而是他的孙子们的成长和学习。

当时我们家老大正准备高考，老二在县中学读书，路途较远，且交通不便。

父亲病重期间，当孩子们专程回家看他时，他总是催他们离开，说不能耽误学习。父亲虽然病重，但头脑非常清楚，孰轻孰重，他老人家心里明白得很。

就在当天晚上，父亲的病情越发严重，反复昏迷，眼看就要和死神牵手，家人才不得不把我家老大从学校里接了回来。

老大被接回来后，跪在病榻前，为他爹爹烧上路的纸钱。

看到孙子在烧纸，父亲用尽全身力气转过脸来，爱抚而期待地看了他最后一眼，然后在亲人们的一片哭泣声中走了。此时，我锥心刻骨般地体会到了什么叫死别……

第二天上午，我家老二从学校赶了回来，一到家就跪倒在他爹爹的遗体前放声痛哭。

父亲的追悼会于翌日中午一点在桂家畈大稻场举行，由区乡两级教育部门领导人主持，前来吊唁的有乡全体教师、父亲生前好友和有关社会人士。

父亲的灵柩被安放在稻场中央，整个稻场摆满了花圈、红幅和白色挽幛。

乡教育部门领导致悼词。他在悼词中充分肯定了父亲的学识和人品，赞扬了他老人家几十年来为县城教育事业所作的贡献，再一次弘扬了老父亲"好先生"的美称。

最后，由我家老大代表家属致答谢词。

老大的悼文感情丰富、文脉清晰。他将自己的成长经历和他爹爹对他的培养教育连成一条感情纽带，字里行间无不满溢着感激之情，在场乡民无不动容。

逝者已去，生者奋进！

办完我父亲的丧事后，老大就全身心地投入高考前的复习之中。

高考前夕，在老大的强烈要求下，我与老大奔赴城关，住进了我的舅爷爷家。

刚巧他们家也有个孩子（我的表妹）参加考试，于是，舅爷爷、舅奶奶和我三个人全程为两个考生服务。

舅奶奶负责做饭。这项工作很艰难，既要保证考生的营养，又不能太油腻，以免他们吃坏肠胃。

我负责洗衣服、接送考生。当时文科考场在桐城二中，距离我舅爷爷家有好一段路程，那时候还没有车子可用。

7月，正是赤日炎炎似火烧的天气，太阳一出来就火辣辣的，晒得人发烫。

每天吃过早饭，我就带上墨水瓶、削好的铅笔等文具，陪儿子去考场，为儿子撑伞遮阳。儿子在考场上考试，我就在考场外等候，手里拎着装满水的水壶。

儿子出了考场，我就走向前去，给他送上一壶凉白开。我并不询问他考试的情况，因为我知道这时候问这些毫无意义，我只问他目前最需要我做什么。

中午的太阳更火辣，大地像是被铜炉烧着了一样发烫，但是不管怎样，我都要为儿子撑伞遮阳，因为我要陪儿子走好他人生中最艰难的一段路。

高考结束的那天晚上，舅爷爷请我们看电影。在去电影院的路上，我和老伴儿一人走一边，把儿子夹在中间。我们看得出儿子当时的心情非常好，没有一点疲惫和焦躁。

他还胸有成竹地跟我们说："请放心，我自心中有数，上一所一般大学应该没有问题。"有了儿子这句话，我们就如吃了定心丸般踏实。

然而，话虽这么说，但分数没下来，一家人的心总还是悬着的。

我们在家焦急地等待半个月后，终于等到学校派工作人员到县教育局抄高考分数。

上午九点多，人们聚集在学校大门口，眼巴巴地看着通向县城的公路。

持分数卡的老师一下车，人们便簇拥上去，怀着既期待又害怕的心情，打听着自己孩子的高考分数。

我们还没来得及问，老师就让我们请客，说老大的分数是435分，是县文科状元。

太好了，这是儿子带给我的莫大幸福，真是来之不易！

在填报志愿方面，我们也动了不少脑子。老伴儿还专门到省城合肥住了几天，打听有关情况。

我们的想法是，既要保证儿子能被录取，又要选择一个适合他爱好和专长的专业。因为不了解金融专业，我们还专门查阅字典，研究"金融"二字的含义。

最终，老大填报了南开大学金融系，并如愿以偿。

当年孩子只有16周岁，因为他小时候提前一年上学，以致他入大学时年龄偏小。

孩子考取大学是他爹爹的遗愿，我们一定要把这个好消息告诉他爹爹。

当天我们就买了香纸、鞭炮跑到父亲坟前祭奠，并告慰他老人家的在天之灵，让他老人家在天堂安心。

孩子考取大学当然是件好事，但是一想到孩子这么小就要离开我们去外地求学，我自然舍不得。

现在交通方便，人口流动大，即便是在国外读书、打工、做生意，都是身在天涯却近于咫尺。但三十多年前可不是这样，成年人独自在外地都会感到孤独，更何况是十几岁的孩子。

再说，那时我们的经济状况也不好，孩子连件换洗的衣服都没有。一想起这些，我就异常难受。

快开学了，去天津必须要先去合肥乘火车。家人决定由我送他到合肥，因为我有一位本家发小在合肥火车站工作，找她买火车票方便些。

当时校方不欢迎家长陪送孩子到学校，而我们也没有那么多钱买两个人的火车票，所以只能送到合肥。

记得那天晚上，我送孩子上了火车。我在站台上看着车厢里的孩子，心中无限惆怅。

轰轰隆隆，火车开动了。望着车厢里孩子的身影慢慢变小，我的心中一阵酸楚，泪水模糊了眼睛……我抹去泪水，目送火车消失在茫茫夜空里。

那时，我才真正体会到什么叫生离……

光阴荏苒，岁月匆匆。

38年，弹指一挥间。如今的我已到了耄耋之年，孩子们也到了天命之年。如今，他们的孩子，也就是我的孙子辈，都已跨入大学校门，将要走上社会。

岁月的流逝永远也洗刷不了1982年在我心中刻下的印痕。因为这一年，我悲喜参半；这一年，我经历了生离死别；这一年，让我刻骨铭心！

我的逢"9"岁月

我是1941年出生的,属蛇。按虚岁算,每逢公历年份尾数为"9"那年,正好是我以"9"为尾数的年纪。我在这里选几个逢"9"的年份来记述,也是从一个侧面展现时代变迁的印记。

(一)

1949年,我9岁。那年,中华人民共和国成立了。在那之前,正所谓黎明前的黑暗,民间疾苦已经在我稚嫩的心灵里打下了烙印。

老家桂家畈对面是一条桐城至安庆的交通要道。一天下午,天空乌云密布,很快下起了雨。路上传来零乱的脚步声,大人们纷纷走出家门观望,小声交谈:"又过队了！"（那时称路上有军队经过为"过队"）。看那些士兵们的颓丧样子，估计是一支国民党的败兵队伍。人们正议论着，突然发现有两个士兵离开队伍，跟跟跄跄地向村庄走来。他们就近走到村头的第一户人家，说肚子实在太饿了，希望能给他们一点儿吃的。

那时候，年成歉收，老百姓连自己的肚子都填不饱，哪里还有余粮分给别人呀！这夫妇俩一人一碗稀饭刚盛到碗里，锅里所剩的一点儿是留给两个正在长身体的孩子的。

男人是个读书人，非常善良，见进来的两个士兵很憔悴，于心不忍。虽然对不顾人民死活的国民党政府很憎恨，但他转念一想，这些人也是来自老百姓呀，他们也是迫于无奈才去给国民党卖命，打了败仗就更惨了。他们也是受害者，我们少吃一碗也饿不死，还是帮他们一把吧。想到这里，男人对老婆说，把剩下的稀饭给他们吃了吧，然后劝他们回家，不要再为国民党卖命了。女人虽然心疼孩子，但是看到这两个士兵的样子，也心生怜悯，便把锅里的稀饭全盛给了他们。

吃完饭，两个士兵稍微有了点精神。男人对他们说："两位兄弟，我知道你们也是被迫当兵的，现在国民党政府就要垮台了，在你们的家乡，想必土改工作队已经进村，家家都分了田地。回家就有好日子过啦，你们还在这里干什么呢？身体好就加入解放军，身体不好就回家种田去吧！"

此后不久，中华人民共和国成立了。当年的两个国民党兵，如果听了这家男主人的话，后半生应该会是另一番景象吧。

（二）

1959年，我19岁，在天城中学读初中。当时的教育方针是要为无产阶级服务，要与生产劳动相结合，所以学生除了读书、劳动，还要学习政治，参加一些社会活动。

记得那时桐城黄梅剧团经常到天城中学表演。1959年黄梅剧团自编自演了一部《十年变》，讲的是1949年到1959年十年间一个农民家庭的变化。老百姓初看现代黄梅戏，感到特别新鲜，有魅力，感慨新社会就是好。

然而也有些事情做得过火了，甚至被一些激进派搞歪了。譬如大炼钢铁，本来是一项加快发展重工业生产的经济政策，可是到后来却连老百姓家的锅碗瓢盆都拿去炼铁。有一天，我从学校回家，中午时还用铁锅烧饭，晚上时锅却不见了，锅台上凡是铁制器具全部被收走,没办法,只能吃冷饭。接着,生产队成立公共食堂,老百姓先是敞开肚子吃,后来粮食被吃光了大家只能一起挨饿。那种忍饥挨饿的日子真是令人不堪回首啊!

(三)

后来我参加了工作,结了婚,爱人是天城中学的老师。

1969年,我29岁,已是两个孩子的母亲,还怀着即将出生的老三。

这一年,家乡发洪灾。因双港是圩区,大部分地区都受了灾。双港街地处高地,天城中学更因地势高而无大碍,但周围都被洪水淹了。不少房子倒了,灾民们纷纷拥向双港街和天城中学。

没有经历过洪灾的人很难体会家被水淹的日子是多么煎熬!我们要趁着洪水来临之前把家里的家具、粮食等搬到高地,等洪水来了还要从水里抢救物资。雨不停地下,道路又泥泞,人又累又饿又冷,真是苦不堪言。

我爱人身体较差,又是山区人,对洪灾很陌生。我那时虽然年轻,但终究是个女人,还是个孕妇,即便这样也得咬着牙挑着重担,脚踩泥巴,一步一步地搬运东西。

天城中学的校舍全部住进了灾民,学校对他们亲如家人,灾民可以跟学校教工一样在食堂里打饭打水。洪水泛滥那几天,会有直升机飞到灾区上空丢饼干、糕点,以便给灾民应急,避免发生因洪灾而饿死人的情况。洪水无情人有情,灾民们真正地感受到了共产党和政府的温暖。

(四)

光阴荏苒,岁月匆匆,转眼又一个十年过去。1979年,我39岁。人到中年,上有老下有小。1977年恢复高考,给所有的知识青年带来了上大学的希望,也给我们这个家庭带来了希望,因为我的三个孩子正处于受教育的年龄。

被禁锢十年的科学、文化、艺术得到了解放,迎来了春天。郭沫若先生曾豪情满怀地写了一篇非常有影响力的文章《科学的春天》,更是给知识青年鼓了气、加了油。他们如饥似渴地学习科学文化知识,积极备考、迎考。1977年、1978年、1979年这三年,桐城学子高考成绩优异,在安庆各县遥遥领先,为桐城争了光。

那时,我是一名小学五年级的语文老师。我自认为我的教学工作是尽心尽力的，也因较高的升学率得到过老师、学生及家长的好评，受到过表彰。我自己的三个孩子也正是小学、初中、高中的在籍学生，对他们来说，我既是家长又是老师。

人生最辛苦的时期便是中年。那时，我每天起早贪黑，废寝忘食，有做不完的工作和家务，一心只想把自己应该做的事做好。值得欣慰的是，我的学生和孩子都很争气，没有辜负我对他们的期望。很多学生考上了大学，没考上大学的学生后来也有了很好的发展。不论他们是高官、学者，还是企业家或平头百姓，都能老老实实做事、堂堂正正做人。

（五）

历史在不断翻篇。1989年，我49岁，已到天命之年，也是妇女进入更年期的年龄。这个年龄段的女人，岁月已让你失去光华，你会莫名地感到空虚失落。

彼时，恢复高考制度已十余年了，大批知识青年实现了多年的梦想，跨进了高等学府的大门。他们在象牙塔里如饥似渴地学习，毕业后走向天南海北，成为建设祖国的栋梁之材。

我的三个孩子也让我引以为豪：老大于1987年由

国家公派到英国读博士，老二在武汉大学硕博连读，老三也考上了安徽大学。别人都说我好福气，儿子们都那么有出息，学有所成，闻名乡里！那个年代，彩电、冰箱等家用电器还是紧缺物件，但根据政策，留学人员一年有四个购买进口家用电器的指标，所以老大于1989年回国时就把进口彩电、冰箱带回家了。

当时在天城中学以及双港街附近，家用电器是百姓家里的稀缺品，所以我家的彩电吸引了许多爱热闹的人。还有人开玩笑地说，你们家出了个留学生连我们也沾光，提前看上进口电视了！然而使我尤其感到欣慰的是，老大从英国学成归来后更加懂事孝顺，待人接物谦恭有礼，也给两个弟弟做了好的榜样。

我爱人从年轻时就身体不好。孩子们都很孝顺，在生活和医疗方面尽心尽力，直到他们的父亲87岁时寿终正寝。

（六）

转眼已是1999年，我59岁，到了花甲之年。孩子们先后结婚生子，我当了奶奶，退休在家带孙子。随着岁月的流逝，令人悲伤的事情开始在我身边发生，我的发小、朋友、同学、亲戚等同龄人默默地离我而去，使我感到失落、惆怅。

2009年，我69岁，已到古稀之年。有一天，我受了重伤，从椅子上摔下来，脊椎骨受损。我的身体一贯很好，之前从未住过医院，这次意外事故让我感受到了疾病及衰老的脚步渐渐逼近。

（七）

人生易老天难老，岁岁重阳今又重阳。2019年，又是个逢"9"之年，我已79岁。

作为一个耄耋之年的老人来说，我很满足。国家富强，人民安康，政府对精神文明建设日益重视，桐城正在进行相府、文庙的修复重建，各项文化事业呈现勃勃生机。

我虽然已到风烛残年，但还在积极地读老年大学。为了充实生活，偶尔也写点文章，记录过去的点点滴滴。孩子们有孝心，经常带我出去旅游。2019年5月底，我从桐城到深圳，再到香港，然后由二子一家陪同前往日本。

东京的确有大都市的气派，跟纽约、香港相似，高楼林立，地面平整干净。日本人的面貌和服饰跟中国人差不多，不过个头稍矮一点儿，在街上偶尔可见穿和服的女人。路标上的很多字类似中文，大致能猜到意思，但跟中文的发音完全不同，人家一开口，我就完全听不懂了。日本人很有礼貌，见人都是点头哈腰，走路很有节奏，不紧不慢，从不停下来聊天，怕影响别人走路。

我们去参观了日本天皇皇宫，日语叫"皇居"。这么大的景点居然不收门票，完全免费，还附带专门的中文讲解员讲解。皇宫很大，全是灰墙蓝瓦，建筑风格古朴典雅，幽深庄严。

当天正好是中国和捷克两国新任大使向日本天皇递交国书之日，讲解员说类似的仪式一个月只有一次，且时间不定，非常难得。她安排我们这批游客在天皇办公所在地停下，远远地观看大使向天皇递交国书，还参观了仪仗队整齐行进的场景。

旅游期间，我们还游览了富士山和日本古都京都，感受到了日本文化与中国文化的不同，同时也深刻体会到了两个一衣带水的邻邦在文化上的相通相连。

历史的车轮滚滚向前，长江后浪推前浪。到下一个逢"9"之年，即2029年，祖国将会如何呢？我们这些老人不知道还能不能看到那盛世，但是可以相信，那时的祖国一定会更加美好！

冬学往事

上老年大学是我们这一代老年人特有的享受,是我们的一个"娱乐圈"。老年朋友们在这里根据自己的特长学习玩乐,绽放光彩,共度夕阳红。

本人天性不爱运动,但也有自己的爱好,喜欢在老师的指导下写点小文章。我多次向媒体投稿,承蒙编辑同志厚爱,拙文被一次次刊出,并得到文友们的关注和好评。近两年我开始写具有时代色彩的回忆录,一方面是对自己过往生活的回顾;另一方面是为了丰富晚年生活,并与亲戚朋友们共赏。

今天我要写的是七十年前中国农村文化生活的一个侧面。中华人民共和国成立后,百废待兴,尤其是教育。贫困与无知是相连的,要消除贫困,首先要提高全民文化水平,办学迫在眉睫。于是,各村不但有了小学,还创办起了冬学。

冬学是个特殊时代的产物,现代人一定对此很陌生,不明其意。它的意思就是组织成年男女在冬天农闲时上夜校,实际上就是扫盲班。教师白天教儿童班,晚上教成人班。教儿童班的报酬,是教师的田地由学生家长帮种,后来改为由家长给老师送粮食;教成人班则完全是教师尽义务了。

1951年下半年,教师开始实行工资制,但教成人班仍然是义务制。老师不计报酬,利用晚上的时间给大家授课,成人学员们思想上很受震撼。一些有点文化基础的青年人很活跃,也都无偿地、自愿地积极配合老师,为冬学班做些服务工作。没有电灯,学员们就两人共用一盏油灯;一扇长板搭在两条板凳上,这便是课桌了。然而大家都很热情,都认识到自己赶上了好时代,能学认字、写字,不再做睁眼瞎了,特别珍惜。

村里的冬学,由村长、农会主席、妇女干部等人负责组织。这些人都是本村农民,他们不负使命,积极协助老师们办冬学。对少数不愿上学的成人,他们会上门做动员工作,还会帮助一些人解决实际困难。有的人家庭困难,连点油灯用的油都拿不起,村干部们就主动把自己家里炒菜的油捐献给冬学,确保所有人晚上都有油点灯,都能看书写字。

渐渐地，成人班的学员对读书写字有了兴趣。除了正式的冬学以外，村里还形成了互帮互学的氛围，一对一或一人教两三个人，不拘形式。有位男青年叫琪儿，二十出头，长得消瘦，认识些字，能记账，能看懂通知。别看他瘦，但很精神，非常热心，总是不厌其烦地教村民们学写名字。琪儿竭尽全力地教，学的人一丝不苟地学，不到几天，成人班的学员们就都会写自己的名字了。

政府对扫盲工作非常重视，常有文教部门的领导到冬学群众中检查。一天晚上，区文教宣传委员一行几人到冬学检查工作，抽查了几名学员，结果他们很快就准确地写出了自己的名字。领导们不仅看到了冬学的教学成果，也看到了冬学里欢声笑语的热闹景象。第二天，区文教部门就公开表扬三元村三元小学的冬学办得好，号召其他各村学习。上级领导的表扬是一种动力，鼓舞了村干部和老师们的办学热情，激发了学员们的学习兴趣，学员之间互帮互学蔚然成风。

这些学员学习时可认真了！每人都有一个写字本，或描红，或临摹，或自写。前后对比一看，进步非常明显。

夕阳西下，劳作一天的农民朋友都收了工，小小的村庄又热闹起来。夜幕笼罩，一间宽敞的民房里，一排排油灯亮了起来，宛如黑色的夜空闪烁着亮晶晶的星星。一帮求知若渴的农民们正面带微笑，天真得像小学生一样期待着老师给他们上课。老师也像教一年级小学生一样，先教他们读音，然后教怎么写。琪儿就在课堂上当起了助教，手把手地教学员们写字，详细地讲笔顺，唯恐有人"逗字"（指不按笔顺写字）。他还把每个要学的字编成了"笔顺歌"教给大家，使大家记得更快，真是煞费苦心。

哪个学员家里有困难时都喜欢找琪儿。学员们谁的灯盏里没油了，谁没纸没笔了，都会去找琪儿。反正哪里有困难，琪儿就出现在哪里。

有一次，两个学员在写字过程中，由于见解不同起了争执，争着争着竟吵了起来，差点儿动起手来。琪儿忙跑过去将两人拉开，劝解，两人终于不好意思了，主动检讨自己做得不对的地方，请对方谅解，最终和好如初。

农村妇女上冬学困难更多。一位女学员晚上上课时，丈夫从外地办事回来，见家里没吃没喝，老婆又不在家，就发起了脾气，说以后不准她上学了。这时，一位老师的家人知道了，主动到他家给他做饭，弄得他很不好意思，再也不说不让他老婆上学了。

女学员们会利用课余时间组织唱歌、跳舞，活跃气氛。当时有能歌善舞的年轻女工作人员进村,到冬学里教妇女们唱歌、跳舞,向她们灌输新思想。

有的姑娘曾遵循父母之命订了婚,但自己并不情愿,于是在工作组的宣传教育下解除了婚约,后来在冬学里遇到了心爱之人,经过自由恋爱找到了幸福。

时光飞逝,弹指一挥间,办冬学已是七十年前的事了。今天,人们的生活条件大为改善,文化水平也有了显著提高,已经很少能见到文盲了,这是社会的进步。但我想,在新的时代,当年办冬学的那股热情,那种蓬勃向上、积极进步、团结合作的精神和状态,还是一样需要。

悠悠小学堂

汪氏祠堂，坐落于桐城市双港镇合永长圩中端的一个沙丘上。人民公社化以后，汪氏祠堂做过粮食收购站，接着又做了大队部。

20世纪60年代，实行大队办小学，为便于贫下中农管理学校，就在大队部办起了天城小学。从某种意义上来说，天城小学是由汪氏祠堂改造而来的。

一开始，天城小学一个班一个老师，实行包班制。后来入学的孩子多了，学校便开始增班扩建。将原来的粮食收购站、大队部都搬走，祠堂再次进行了改造，变成了一个有规模的学校，每年级由原来一个班增至两个班，还附设了一个初中班。

学校除了几个年龄大的公办老师外，其余都是本大队的应历届高中毕业生，当时称为民办教师。这样既解决了师资来源问题，又解决了农村知识青年就业问题，因此，深得当地干部群众的拥护和支持。

  1972年下半年，天城小学增班，需要充实师资团队，我因在贵池师范学校就读过，所以理所当然地回到了本大队小学任教。从此以后，我与天城小学休戚相关、相依相伴了几乎半辈子。

  天城小学总体格局是坐北朝南，大门前有一片田野，清风时时送来阵阵泥土的芳香。周围林荫覆盖的村庄和碧绿的田园相间。隔着田野的是一片蜿蜒曲折的山岗，碧波荡漾的清水河绕山东流。远方太阳落山处，便是安庆几个县的居民一仰头就能望见的栲栳尖（栲栳峰）。

  老人们常说，桐城栲栳尖就像一支笔，点醒了一代又一代桐城人，才使得桐城人才辈出。

  一百年前的梵天城书院所在地，即现在的天城中学，就在天城小学东南方向。

  天城小学因得到栲栳峰云雾的滋润，又凭借梵天城的物华天宝，也变得人杰地灵起来。

  俗话说："老师要给学生一滴水，首先自己要有一桶水。"尤其高考制度恢复以后，天城小学的老师们都感觉自己知识贫乏，因而不断地互帮互学，给自己充电。

  千里之行，始于足下。在小学升初中比升学率的年代，天城小学的老师本着大面积"丰收"的同时，也给接受能力强、有一定天赋的小学生开小灶，为他们今后考高中、上大学提供了很大帮助。

由于师生们的共同努力，天城小学的升学率一向很高，为国家培养了不少栋梁之材。这些人才，日后都让天城人引以为豪。

上午七八点钟，漫步于田园之间的河堤，映入眼帘的是一群群活蹦乱跳的孩子。他们身背书包，行走在田间小路上，迎着朝阳，唱着歌儿去上学。

学校十几个班里朗朗的读书声此起彼伏，各位老师也在各自班级前吟诵着经典辞章。老师们科学安排时间，讲课方式灵活多样，混时间填鸭式的教学方法绝不会在天城小学出现。

为了让学生们写好作文，老师带着学生们一边参加劳动，一边指导学生写作。

大队放电影时，银幕便挂在学校的大操场上。老师在哪里，学生们就围到哪里。师生一起看电影，老师就影片内容绘声绘色地讲解，孩子们受益匪浅。

学校是教书育人的地方。

为了让孩子们成才，老师们常常教育他们要向英雄学习，要树立国家兴亡匹夫有责的社会责任感。

为了让孩子们懂得孝敬父母，学校还经常公开表扬这方面的优秀生。有一次，学校重点表扬了一个女生。

她在母亲生病期间，每天早早起床，把所有家务做好，无微不至地服侍母亲，同时也没有耽误课程。

为了让孩子们今后能融入社会，学校经常举办命题作文大赛。在此期间，孩子们既增长了知识，也学会了善待他人、同情弱者，学会了感恩父母、感恩师长。

这种以学生成长教育为中心的小学教育，即使在非常时期，也表现得特别突出。

1983年，发洪水，合永长圩被淹了很久。9月开学后，学校周围的田野仍然被浸泡在水里，一眼望去，白茫茫的一片。学生上不了学，怎么办？

校领导和老师们商量后，决定分片上课。一个老师去一个村庄，包授一年级到五年级的语文、算术。这对于刚刚走出校门的高中毕业生不算太难，但对那些年龄较大、不擅长所有学科的老师来说就有些难度了。

然而天城人有天城人的精神。老师之间互相学习，找资料、查教材，有问题一起讨论。总之，每位老师都是有备而去。

那一年虽然家乡受灾，但在全体师生的共同努力下，没有影响教学进度和学生功课。功夫不负有心人，1984年天城小学升学率照样领先。

天城的一山一水一草一木，以及天城人坦荡无私和勤奋好学的精神，一直影响、滋润着后生们。

1997年,在政府的协助、师生们的共同努力,以及优秀学子的帮助下,学校新建了围墙和大门,校园面貌焕然一新。

退休后,我经常到学校去玩,去看看老同事。

光阴荏苒,日月如梭。校领导换了一个又一个,但是人们仍没忘记我这个曾经在校园留下深深足迹的老兵。

那些年,每逢教师节,村领导都会把我们这些退休的老教师请到学校,和在校师生共同欢度教师节。

后来,由于城市化进程加快,从农村到城市务工的人越来越多,孩子随父母进城上学的机会也越来越多,留在天城小学周围的居民则越来越少。最后,天城小学连一个学生都没有了,学校只能停办。

当年颇有声名的天城小学,就这样消失了。一想到这些,我的心中就很不是滋味,怅然若失。

但我转念一想,这不也是社会的进步和人民生活水平提高的表现吗?

怀念天城小学,不只是怀念校园,更是要在师生们的心中刻上天城精神,向一代代人弘扬不忘初心、不怕困难、勤奋好学的风气。

无论如何,天城小学一直都是我心中的神圣之地。

天灾无情人有情

天有风云变幻。1969年,桐城双港地区的圩区遭受特大洪水。对于当时那种惊心动魄的场景,双港地区的老一辈人恐怕至今仍记忆犹新。

那年春末夏初,雨水都算正常,但农历五月以后,降雨量陡然增加,洪水排泄不及,致使圩区出现内涝。同时,圩外的拦洪坝也在不断加高,但还是跟不上坝外水位的上升。

老天好像是有意要为难我们,雨继续没完没了地下,大有不破圩誓不罢休之势!大家看着雨不停地下,就慌了手脚,一边组织青壮年男劳力上堤,增高、加固圩堤防洪线,日夜守护;一边让居家人员把家里的物资往地势较高的双港街上搬运。此时,家在山头上的生产队也主动来帮助圩区居民搬东西。我记得当时就有几个人来我家帮忙搬家具。因通道狭窄，一不小心就会陷入水坑，但他们都毫无怨言，克服困难，坚持把家具搬到目的地并放好。

农历五月三十，合永长圩还是破了，洪水排山倒海般泄入圩内，水位迅速上升，很快桂家畈的房屋就进水了。此前，大多数村民已离开村庄转移到了双港街等高地，但由于洪水来得太急，还是有人没来得及撤离。没有办法，有的人爬上屋顶，有的人爬上树梢。

生产队队长是一位不到30岁的年轻人，共产党员，是圩区土生土长的汉子，会游泳，精明强干，很会应对紧急情况。破圩后，他毫不犹豫地带领几个男劳力，把生产队里两个五保户老奶奶护送到安全的地方，又帮助体力弱的人运送家具。他们在水中游来游去，为了帮助他人，将自己的安危置之度外。

合永长圩破圩后，双港街南面的其他几个圩也陆续破圩。四周的灾民全部拥进了天城中学。天城中学除了老师的房间，其他公共场所全部住进了灾民。有的老师不在校，房锁也被撬开住进了灾民。

六月初一那天，天城墩上里里外外乱作一团，哭喊声、呼救声连成一片，震天动地。雨还在不停地下，雨点落地溅起雨花，和空中的雨雾交织在一起，灰蒙蒙的一片。雨雾中隐隐可见一群群挑着担子跌跌跄跄艰难前行的灾民身影。他们一个个淋得像落汤鸡,挑着沉重的担子,脚踩泥泞,且泥巴中难免有碎石瓦片,脚板落地时既易打滑,又有踩在刀尖上的刺痛感,没有经历过的人很难想象那种感受!住进天城中学里的妇女和老人,心中牵挂着困在水中还未上岸的生死未卜的家人,又是哭又是乞求。她们无心照顾孩子,孩子们又饿又怕,大哭小啼。茫茫的雨雾中哭声一片。

"一方有难,八方支援"是中国人的优良传统,更何况共产党领导下的国家是不会坐视不管的。在党和政府的领导下,非灾区的骨干青年和天城中学的青年老师组成了一支队伍,来到受灾村庄,挨家挨户地搜救灾民。

在搜救过程中,他们发现村里有一户人家的一对母子被困在屋顶上,正在大声呼救。原来这家男人外出未归,孩子小,老婆身子弱,加之破圩的时候人们过于慌乱,把他们给忽略了!营救队员们赶紧把盆划过去,抱起孩子,领着妇女坐上盆,把他们送到了岸上,并在天城中学给他们安排了住处。

营救队还对全村人进行点名查数,唯恐遗漏一户一人。由于上游水库泄洪,雨还在继续下,圩里水位还在上升,受灾范围不断扩大,不断有新增灾民需要安置。灾民们有的日常生活用品泡在水中需要捞取,有的生活困难生活用品又被大水冲走了需要救济，党和政府号召抗洪救灾不能松懈。

我那时虽已身怀六甲，但是日子还得过呀，只能一天跑几趟，到水边去挑用盆运送到岸上的物资。一天，我正在饥渴疲累之时，偶一抬头，看见远处的天空有一群黑点，由远而近，黑点越来越大，原来是几架直升机。直升机飞到我们头顶上空时，机上的人开始从窗口一包一包地扔东西。附近的人们都围了过来，打开麻包一看，里面是饼干、罐头之类的食品，原来是政府在用飞机向灾区人民发放食物。这可真是雪中送炭啊！

哪里有困难，党的温暖就送到哪里，党就是人民身后的一座靠山。有了中国共产党的领导，中国人民还有什么过不去的坎儿呢？

食物落地，捡到的人也不会私吞，都将其集中到一起。老百姓的纪律性都很强，虽说物资缺乏，可是没有一个人私吞哪怕一块饼干。

后来，这些物资按灾民人口分配到了各家各户。住在山头上不是灾民的，即使望穿秋水，按规定也分不到一点。飞机散发饼干，对当时的孩子们来说可谓是天上掉馅饼的好事。事后很长时间，孩子们只要看见天上有飞机飞过，就会快活地喊道："快来看哟，飞机散发饼干啦！有饼干吃了哟！"

在党和政府的精心组织下，圩区人民平安度过了1969年的水灾。大水退了以后，灾民返回故里，重建家园，虽说经济上受到些损失，但日子仍然过得有滋有味。大家携手努力发展生产，合理安排生活，其乐融融地过了个好年。

十几年后，1983年双港的圩区又发大水，家乡的父老乡亲仍然依靠党的领导，发扬与天灾作斗争的坚韧不拔的精神，又一次平安度过天灾。

改革开放以后，老百姓的生活条件有了改善，手里开始有闲钱了。灾后重建时，大家不再盖以往的土坯房，代之以砖瓦房。后来经济条件进一步改善后，又改成两层楼的钢筋混凝土房子，再也不怕被大水浸泡了。之后再发大水，就只是田里的庄稼受灾，房子不会倒塌，人们只要把家里的东西搬到自家的楼上就可以了。现在桂家畈大部分青年人都进城打工、做生意，有人在双港街上甚至县城买了房子，村里的房子反而只是偶尔回去住一下，成了祖祖辈辈一次又一次战胜水灾的见证了。

"上下一心者胜，风雨同舟者兴。"小至家乡的水灾，大至2003年非典、2008年汶川大地震，乃至2020年新冠疫情，历史无数次证明了这个道理。

记老年大学的一堂历史课

2018年9月18日,桂花飘香,清风送爽,气候宜人,真是个外出旅游观光的好日子。教我们历史课的吴老师,计划带老年大学文史班的学员们到桐城的名人故居去走一走、看一看,到著名古建筑旁上一堂桐城地方史课。我们约定好时间,在东作门会合。

第一次在室外上历史课,大家都格外激动,围拢在吴老师身边问长问短。吴老师也特别精神,一直神采奕奕地向我们介绍着东作门。

东作门是桐城东面朝外的一道城门。日本侵犯桐城前,桐城的城墙相当牢固。它是由长方体的青砖砌成,很高,也很宽,据说城墙上可容四匹马并行。桐城的六个城门都有专人看管,晚上时会上锁。如果不走城门,一般人是很难进入城内的。

过去曾有人给安庆六县做了一副对联：怀宁猛虎，桐城难入潜山去；宿松白鹤，太湖无鱼望江飞。还有古谚语：过了桐城不讲城，到了安庆不问塔。这都说明桐城城墙之坚固。后来日本发动侵华战争，对桐城狂轰滥炸。为了方便居民疏散，1939年，桐城组织拆除城垣委员会，动员民众拆除城墙。就这样，桐城古老的城墙几乎在一夜之间就被拆除了。拆掉后的城墙脚，就是现在的环城公路。

我们跟随老师穿过东作门进入北大街。北大街是一条丁字形的街道，是县城的中心。北大街路口不远处就是明代桐城县衙所在地。县衙是封建社会基层政权的象征，也是官制等级的体现。从现在的建筑遗址看来，桐城县衙是何等气势恢宏、庄严肃穆。出县衙向前不远处左拐，便来到了位于寺巷的姚莹故居，只可惜这里正在修建中。

姚莹，晚清史学家、文学家，从祖姚鼐，是桐城派古文主要创始人。鸦片战争爆发以后，时任清朝台湾兵备道的姚莹和总兵达洪阿积极备战，组织台湾军民抗击英国侵略者。他的代表作《康輶纪行》，是近代史上第一部介绍西藏历史文化民俗的专著。这部书与魏源的《海国图志》、徐继畬的《瀛环志略》一起，开启了中国早期近代思想启蒙的先河。如今我们参观姚莹故居，深感姚先生当年的高风亮节与忧时悯民之胸怀。

不知不觉，我们来到了历史上有名的桐城派创始人之一方苞的故居。方苞，字灵皋，号望溪先生，清代著名散文家，其代表作有《狱中杂记》《左忠毅公逸事》，后来因给戴名世《南山集》作序而受牵连入狱。康熙皇帝说"方苞学问天下莫不闻"，李光地说方苞与韩愈、欧阳修齐名，方苞经多方营救终获释。

我们走到丁字路口——桐城中学大门前，宏伟宽大的校门上方"勉成国器"四个大字顿时映入眼帘。桐城中学的名声和悠久历史在本地妇孺皆知，但是吴老师还是给我们讲了关于它的传说。桐城中学是晚清时著名的文学家、教育家吴汝纶先生于1902年创办的，是安徽省历史最悠久的中学之一，1958年被列为省重点中学。多年来，从桐城中学走出很多优秀学子，他们无不为新中国的建设添砖加瓦。

1949年之前，在桐城中学读书的学生大多是富家子弟，但是也有像黄镇一样为了实现人生的伟大理想刻苦求索、勤奋苦读的学生。正是由于他在逆境中仍坚持不懈，才最终成为一名才华横溢的将军、艺术家、外交家。

1949年春，渡江战役打响，第二野战军进驻桐城中学。一些进步学生纷纷加入革命队伍，与老一辈无产阶级革命家共同商讨组织作战计划，因此桐城中学留下了第二野战军渡江战役的会址，为桐城的历史留下了光辉的一页。

上午十点钟，太阳忽隐忽现，我们在吴老师的带领下来到位于延陵巷的吴越故居。吴越，字孟侠，人们为纪念他，把桐城的一所中学命名为孟侠中学。吴越故居是幢小瓦青砖的旧式院落，奇怪的是有的介绍牌上写的是"吴越"，有的介绍牌上写的则是"吴樾"。吴老师向我们解释，吴越是反清斗士，在刺杀出国考察的五大臣途中不幸壮烈牺牲。他死后，清朝政府极端仇恨他，就在"吴越"的"越"字上加了木字旁，意思是要永远给吴越戴上木枷。后人出于对吴越的尊重与缅怀，还原了历史真相，给了吴越一个公正的评价。如今，吴越故居经过简单修葺后，重新供后人游览、纪念。

看到这些修缮一新的旧式建筑，我们的喜悦之情油然而生。听着吴老师绘声绘色地讲述，我们对桐城的历史有了更深刻的了解。我们走街串巷，踩故土、踏废墟，寻名人故里，重温名人生平佳绩，增长了知识，丰富了晚年生活。

十点一刻，活动结束。大家虽然感觉有些疲劳，但是心里都很充实，因为这是我们所上的最有意义、最有价值的一堂历史课。

不平凡的春节

每年春节对中国家庭来说都是团圆的好日子，我家也不例外，尤其是今年在美国纽约大学就读的孙女可以回老家和我们一起过年。

孙女去美国读书后，就少有机会在春节回国，这次她有机会和家人一起过春节，我们全家别提有多高兴了。离过年还有一个多月，小三子就把年夜饭和正月初三亲戚朋友来访的酒席订好了。腊月二十四，我们像往常一样到双港祭祀祖先、走访亲戚，亲山亲水又亲人的甜蜜韵味沁人心脾。腊月二十七、二十八，在北京实习的孙女和在香港、深圳工作的两个儿子也风尘仆仆地回家了。

虽说年底时频传新冠病毒在武汉传染甚广，危害极大，儿子们也曾说起此事，我却不以为然，认为他们危言耸听，满心还是和家人团聚的喜悦和期盼。儿子回来后，严肃地告诉我这次疫情的严重性及病例数，我才不得不信。得知有些高速路口已经封锁，我才认识到问题的严重性。

虽说对大儿媳和孙女十分想念，但在这个特殊时期，我还是决定不让他们回来过年了，以免给国家和自己添麻烦。少了年轻人的团聚和欢声笑语，过年的热度顿然下降。大儿子一年到头忙于工作，和老婆孩子聚少离多，本想利用春节假期在一起聚聚；孙女们也打算在一起聚会，增进感情……这下都成了泡影，真是人算不如天算。

除此之外，在酒店订的年夜饭也取消了，三儿媳在家里做了一顿丰盛的晚餐，供大家享用。我们都不喝酒，故无需醇酿满斟、觥筹交错。我们拥有的是互相的祝福：孩子们祝我健康长寿；我祝儿子们事业有成，天命之年身体犹健，祝孙女们学业有成、前程似锦。

年夜饭结束后，春晚开始，春晚展现了情调绵绵的黄梅戏，豪迈激昂的高音独唱，幽默的小品，搞笑的相声，等等。我们边看晚会边看手机，利用微信向亲友拜年，回复亲人的问候，和不能回家团圆的家人视频，倒也其乐融融。

然而，没有想到的是，潜伏在我们身边的病毒凶猛地扑来，形势越来越严峻。武汉市被封城，被困在武汉重灾区的人民，生命和健康受到威胁；全国各地病例逐渐增加，死亡病例也每日增长；桐城也有了感染者，引起了人们的紧张情绪。

关键时刻，医务人员毅然决然地冒着生命危险走进武汉，救死扶伤。17年前，钟南山院士在北京为抗击非典日夜辛劳，如今84岁高龄的他又奔赴武汉重灾区医院监控疫情，并不断地通过网络向我们传授科学防护知识。他告诉我们没事尽量不要出门，如果非要出门一定要戴口罩，回家要洗手，而且要勤洗手，讲究卫生，不要去人多的地方。

桐城政府在抗击新冠病毒这场战役中，工作做得很是周密。疫情初期，政府就召开会议布置有关事项，后来武汉封城，有关部门积极配合医务人员做好各项防护工作。各个小区、街道都有工作人员检查有没有外来人员，有外来人员的话要查问从何而来要去何处，还要检测体温，有体温异常者立即送往医院隔离。

我家老二，学生时代曾在武汉大学读研究生，后来就业于深圳，在深圳工作近30年了。他过年回乡后一直住酒店，酒店老板打电话到我家询问过好几次。一天，街道办人员再次来我家盘根问底，我家老二把工作名片和这次回乡的机票拿给他们看，才了事。这正可证明桐城党政领导班子对疫情的高度警惕，对人民的生命极负责任。更可贵的是，医务人员冒着随时会被吞蚀生命的危险到灾区为同胞治病。他们家中也有父母妻儿，有牵挂他们的人，但是他们心中更有在死亡线上挣扎的同胞，他们的出现是给这些人一个活下来的机会。

我们老百姓也很有觉悟，讲科学守规矩，无事不出门，有事出门必戴口罩，进门洗手，且勤洗手。桐城人好客好热闹，但在今年却不聚餐、不走亲戚，自觉遵守各项规定。我和家人也每天在家关注新闻，等待着疫情得到彻底控制的好消息。

桐城菜市场从正月初二开始正常营业，保证了人民的生活需要，而且市场管理得井井有条，城管人员来回巡查有没有不合格食品上市，把保证人民的生命安全放在第一位。超市照常营业，我们随时可以买到生活必需品。人们生活有了保障，也很安心，在家可以看电视、用手机与亲戚朋友沟通。只要我们万众一心，肩负重任战斗在前方的人积极应对，守在家里的人科学防范，中国一定能渡过难关，打赢这场没有硝烟的战役！

虽说这次疫情让我们全家人没能大团圆，但一想到千千万万奋斗在一线的医护人员，便觉得这完全算不上什么。正是因为他们，我们才能安心地在家中等待好消息的到来。我和家人都知道，这短暂的分离是为了日后更好的团聚。我们相信人定胜天，在所有人的努力下，疫情一定能够得到彻底控制，也希望所有家庭在这次疫情之后都能团圆！

疫情随想

确实，2020年的春节很不平凡，突如其来的新冠病毒彻底打破了春节的欢快节奏。往常的串门儿、拜年、聚餐等活动都被禁止了，大家都窝在家里看电视、刷手机、打扑克牌，消磨时间。

看着新闻里不断增加的新冠肺炎确诊、疑似、死亡病例数，我的心情非常沉重，也很担心、焦虑，迫切希望疫情早点过去，希望患者能早日康复，希望大家的日子能尽快恢复正常。

转眼到了在职人员上班的日子，但因为控制疫情的需要，大多数人都是有事才到单位去处理一下，大部分时间还是居家隔离、办工。正月十一是立春的日子，天气晴朗，我还没起床，晨光就斜射到了床上。虽然冬寒未了，但是毕竟春天来了，大地回春，万物苏醒。我自言自语道，今日立春，晴天好，"最好立春晴一日，风调雨顺好种田"呀！

第二天是正月十二，又是晴天，这更好了。民间有人说，正月十二有太阳，表示一年十二个月都是好日子。2020年立春和正月十二都是晴天，不是好上加好吗？今年应是个好年景！然而遐想归遐想，打开电视机，回到现实，新闻里还是疫情相关的话题，形势依然严峻。

有年轻人问我，这种疫情流行的情况历史上有没有过呀？那时候是怎么应对的？会不会死人，死了多少人呀？我说，我也没有经历过，只是很早以前听老人们说起过"犯人瘟"的事，也不知道是真的发生过，还是道听途说、以讹传讹。

童年时，我隐隐约约地听老人说过，某某年民间由霍乱转为人瘟，死人如倒柴。后来为了控制疫情，当局采取了一种残忍的办法，发现哪个村庄"犯人瘟"了，就把整个村子封起来，不准村民们出来，再在村子周围堆上引火物，放火把整个村庄烧掉，所有人都葬身火海。人们听了直打寒战，牙齿咬得嘎嘎响。"惨无人道，太可怕了！"当然这也是当时条件下的无奈之举，不这样做疫情会蔓延到其他地方，导致更多的人染病死去。

我还听说一个故事。那一年某个村庄瘟疫流行，整个村庄的人都紧张起来，惶恐的人们哪个不想逃命？！这时，一个智者平静地把大家召集在一起，诚恳地跟大家说，我们今天已经染上瘟疫，是死定了，逃出去也是死，还会把瘟疫传给其他人，让更多的无辜之人也死去。不如我们就待在这里，要死大家一起死，能不能扛过去那就是全看个人的造化了。

大家听了智者的话觉得有道理。我们死是没有办法的事，又何必殃及他人。于是大家一致决定不走了。后来瘟疫过去了，这个村里除了少数所谓命硬的人以外，大多数人都死了，庆幸的是其他地方没有人被传染。后来人们为了纪念这些人的高尚之举，在这里竖立了一块纪念碑。

古时有种说法，叫"大灾之后有大疫"，意思是发生大的灾情以后紧跟着就会发生大的瘟疫。我想这里面有一定道理，因为旧时大灾往往会有人因灾饿死、病死，人死得多了，尸体处理不好就可能会引发传染病，从而导致瘟疫。

旧时人们不懂科学，不知道什么是传染病，只知道瘟神来了，谁也挡不住，是"犯人瘟"。汉武帝时期，战功卓著的年轻虎将霍去病在打匈奴的战役中屡建奇功，可谓朝廷的脊梁，可没想到年纪轻轻却在瘟疫中丧了命。可想而知瘟疫的可怕。

生活在今天的人们无疑是幸运的。虽然疫情形势严峻，但党和政府始终把老百姓的安危当作头等大事，采取了全方位、一系列的防控救治措施。虽然在武汉采取了封城措施，但同时派出大批的医务人员到疫区救治病人，可谓隔断的是病毒，隔不断的是真情。

看着"全民男神"钟南山院士八十多岁依然战斗在抗疫一线，看着一批批逆行者不顾个人安危深入疫区救治病人，看着火神山、雷神山医院以令人难以置信的速度拔地而起，真是令人感动！

100年前的西班牙大流感导致超2500万人死亡，中世纪欧洲的黑死病更是让当时的欧洲人口损失了三分之一，多么可怕！我想，今天的新冠疫情如果是发生在旧社会，如果没有在党和政府的领导下采取强力措施，后果真是不堪设想！

一方有难八方支援，中国从来不乏天灾无情人有情的故事。从四十多年前的唐山大地震，到十七年前的非典，再到十多年前的汶川大地震，每次都是党和政府全力组织，想尽办法深入灾区，出人出资采取一切措施救助受灾人民，把温暖送到灾区人民的心窝里！

元宵晚会结束了，我的心仍停留在那悲壮又感动的场景里。我站起来，长长地吁了一口气，似乎可以轻松一些。我缓步走到客厅门口，打开大门，哇，外面的月色洒满大地，夜风阵阵，似乎带来了春天的气息！遥远的天宇烘托着一轮明月，四周一望无垠。星星都到哪儿去了？这简直如同白昼呀，多美的夜晚！此时我的眼前仿佛出现龙灯、狮子灯的景象，耳畔宛若响起了熟悉的锣鼓鞭炮声！

　　我想，只要我们相信党、相信政府，大家团结一心，众志成城，就一定能战胜病毒！

　　"借问瘟君欲何往，纸船明烛照天烧。"笼罩在960万平方公里辽阔大地上的病毒雾霾一定会被吹散，我们的祖国将会迎来更加光辉灿烂、更加美好的明天！

贰 六尺巷文化

毛笔漫忆

2018年国庆节，我由二子陪同，前往徽州、婺源一带旅游。徽州的山山水水和徽派建筑真是美轮美奂，令人流连忘返，但最使我魂牵梦萦的却是屯溪老街文房四宝店里陈列的徽州古文化珍宝。

虽然我腹中没什么墨水，人也很愚笨，加之已步入耄耋之年，有些事情想做也力不从心，但我还是愿意附庸风雅地在这些笔墨纸砚旁徘徊，闻一闻这里的缕缕瀚墨浓香，沾一沾这里古色古香的人文气息。

离开徽州时，我想留点纪念品，于是就买了几张宣纸和两支毛笔，回来后取出一看，发现虽然毛笔外面套了个铜笔筒，但原装筒和笔杆都是竹子做的，制作工艺与我老家毛笔厂的差不多。触景生情，有关毛笔的往事从我尘封的记忆里浮现出来。

在我的记忆里，桂家畈有一户做毛笔的人家。印象中那里一直是个热闹场所。这家人对人特别热情，村里大人小孩都喜欢去他家做客，加之做笔的同行人来人往，时不时会带来一些道听途说的消息，使得这里常常像开新闻发布会一样，成了各类消息的集散地。我小时候很喜欢到他们家玩，所以有机会目睹他们做笔的全部流程。

毛笔属于文房四宝中的一宝，读书人都不陌生，但是了解毛笔制作流程的人想必并不太多。毛笔根部用水麻填心，表层用羊毛、狼毛或鸡毛包起来，故称"狼毫"、"羊毫"或"鸡毛笔"。狼毛和羊毛是从外地收购的，鸡毛也有在外地收购的，但大部分是就地取材。做毛笔的鸡毛不是一般的鸡毛，而是公鸡脖子上一缕整齐油光的毛。那时候村子里谁家杀了公鸡，都会把其颈脖上的毛单独扯下来送到他家去。

做毛笔的房子很大很亮堂，窗户下面是一个长台子，可以坐四五个人，每人面前放一个木制的水盆。他们负责毛笔工序的第一步：梳洗原料。先用小刀把水麻截成一小段一小段的，外面用羊毛、狼毛或鸡毛包起来，再用很结实的线索系上、拧紧，串在一起，挂在竹竿上，放到太阳下晒干，最后用胶水粘贴成形，就是尖尖的笔头了。

笔杆是用纸烟般粗细的竹子做的，一些竹筒上原有的小孔是不能做笔杆的，得先把中间的小孔钻大些才能装上笔头。这就是做笔工序的第二步，叫扯笔筒。这项工作大多交给女孩们做。操作方法是在一个木架上安一个圆棍，将圆棍两头嵌在一个窟窿里；木棍很光滑，上面绕着很结实的布条，布条可以在木棍上自由转动；布条系在下面的踩板上，人坐在木架的顶端，两脚一上一下地踩着踏板，布条便会带动木棍转动；木棍上安有铁钻子，把竹筒插进铁钻里钻空，这样做出来的竹筒就是毛笔的笔杆了。

这家主人做毛笔的手艺很精湛，又善于钻研，曾经是桐城西乡首屈一指的笔匠师傅。一家人各有分工，有人做笔，有人卖笔。卖笔人跑遍全国各地，走家串户，挑着篓子叫卖。笔卖了出去，又买回家乡没有的物品进行销售，因生意兴隆，招来许多同行入股。

20世纪50年代，手工业者也实行了联营，乡里办起了毛笔厂。后来成立人民公社，生产大队也办起了毛笔厂，我所在的天城大队毛笔厂当时是办得最好的一家。大队里原先做毛笔的人员进厂当了师傅，厂里又吸收了许多新鲜血液。师傅手把手教徒弟，徒弟也很虚心地向师傅学习，技术不断提高。如此一来，厂里出产的毛笔不仅数量多，而且质量好，非常畅销。此时卖笔人就不是挑着大篓子叫卖了，而是到全国各地联系销售单位，然后集体托运邮寄，于是产生了一群专门负责到各地推销毛笔的人——推销员。

越是生意好越要讲究诚信，质量越要过关。由于销售量大，耗时耗力，有些职工为了赶进度，不自觉地放松了对质量的把控，有时不免偷工减料。有一次，一批毛笔被卖到一所学校，该校师生在使用中发现这批笔特别不经用，没两天笔毛就往下掉，再过两天毛笔就散了。这引起了学校的不满，找毛笔厂理论。厂家代表十分愧疚，态度诚恳地向学校道歉，答应赔偿损失，并无偿补做一批合格的毛笔。

之后，厂里开始整顿，严肃批评和处理了偷工减料、忽视质量的相关人员。从那以后，厂里加强了质量管理，严防再出现为赶进度而放松质量的情况。由于领导与职工的共同努力，天城大队毛笔厂的生意越做越红火。

那个年代，大队公社没有别的经济来源，主要靠的就是毛笔厂。江南地区各县生长的竹子正是做笔杆的绝佳原料。冬天农闲时，大队组织各生产队的男劳力集体到江南收集原材料，得来的收入纳入生产队，大大增加了社员的分红。后来大学停止招生后，毛笔厂解决了许多青年的就业问题。在毛笔厂工作的女孩，找对象都要高一个筹码。

当时的毛笔厂像一个大学堂，年轻人们一面做笔，一面有说有笑，谈古论今，增长了知识。大家闲暇时会唱歌跳舞，家乡的黄梅戏，他们人人都会唱。

后来不知什么原因，毛笔厂停产了，这些人也都解散了。毛笔厂解决了那个时代农村青年的就业问题，也为弘扬桐城文化作出了贡献。

从徽州买回的宣纸、毛笔，我视为珍宝；老家人赠送的笔墨纸砚，我也非常珍惜。虽然我现在已是风烛残年，不能久坐，也少有精力和兴致提笔练书法，但我还是会把它们留在身边，陪伴我度过余生。

老布漫忆

每当我走进商场，看到琳琅满目的服装时，记忆的闸门就会打开，几十年前的场景又回到了我的眼前。中华人民共和国成立前夕，祖国大地伤痕累累，农村人哪里有钱买工厂生产的所谓"洋布"做衣服呀！那时候农民做衣服的布都是自家制作的土布，我们称为"老布"。

现在60岁以下的人大都没见到过这种老布，更谈不上穿用老布制成的衣服了。即使你们见到过老布，也穿过用老布制成的衣服，但是我敢说很少有人知道老布的制作方法。我有个叔父是个织老布的机匠，他家和我家同在一个棋盘式的八间大老屋里，是近邻，这就给了我一个目睹老布制作过程的机会。

织老布的第一道工序是纺纱。农民把生产出来的棉花除籽，除籽后的棉花叫皮子；再将皮子弹成纯净洁白的花儿，我们叫铺花。铺花轻如鸿毛，白似云朵，风稍吹一下就如柳絮飞飞扬扬，飘浮在空中。农家妇女用一块安着把手的搓板将铺花搓成棉条，再用手摇纺纱机将棉条纺成纱。纱是纺在竹笋叶做的圆筒上的，圆筒是空心的，以方便把东西穿进去。圆筒上缠满纱，一个一个呈椭圆形，名曰纱包。

接着就是把一根根纱拢在一起，拢成一缕缕的，叫收纱。一人收纱，另一人在一旁盯着，发现有断纱就马上接上，所以这项工作必须要两人才能完成。收纱要在一个大房子里做，我叔父家和我家合住的八间老屋，堂屋很大，正好用于收纱。

我现在还清晰地记得收纱的场景：收纱架子的长度和屋子的长度一致，叔父把纱包一个个地摆在最下面，排成一排，纱包像排列整齐的卫士在守卫着什么；纱包上方有一排安有小孔的架子，一个纱包占一个孔，将纱头穿过小孔，叔父牵起所有的纱头拢在手掌里，像收渔网一样向上收；将纱包向两头竹竿上套，收纱床上便立刻铺满了一垄垄白皑皑的棉纱，远远望去像一片片白色的云朵；纱线穿过小孔时发出蚕吃桑叶似的沙沙声，还挺有节奏感的。如果此时你来到这间堂屋，就能欣赏到这场集视觉和听觉于一体的盛宴。如果现在能将这个场景搬进旅游区，肯定可以招来许多游客观看。

  第二道工序是浆纱，就是把纺好的纱放在一口特别大的锅里用浆水煮。浆纱的作用是使纱变结实，不易断，浆过的纱叫"经纱"，"经纬线"的"经"，意思大约是经纱可以像经线一样竖起来。经纱得放在竹竿上晒，晒干后要进行梳理。梳理纱需要很大的地方，必须在稻场上才能完成。然后将晒干的经纱装进篮子里，摆在稻场的一头。稻场另一头放一个大架子，架子上安上圆形的大木棍，嵌在两头可以滑动的窟窿里。篮子里的纱头绑在木棍上，篮子和木棍间的距离很长，空中的白纱远远望去像是在稻场上搭起了一座白色的桥梁，主人站在桥边像是修理桥梁的工程师。梳好的纱卷在圆棍上，梳理一截卷起一截。主人一边梳纱，一边和过往的行人拉家常。

  叔父家织出的老布不仅自家用，还会卖给有需要的人家。卖布的方式有两种：一种叫百家布，就是买布的人先拿纱来，大家把纱拼在一起，把布织好，然后按出纱量给其相应的布，这种方式只需要给主人加工费；另一种是叔父用自己的纱织好布，再拿去卖。叔父一边织布一边介绍他这次是要按哪种方式卖布，如果是百家布就会解说哪些布是哪些人家的，娓娓道来，颇有职业自豪感。

第三道工序就是织布了。大圆棍上卷着棉纱，很像一个圆圆的炮筒。把棉纱筒安在织布机一头的最高处，织布的人坐在另一头，脚踩踏板，手拉滑动辘轳上的线索，梭子左右摆动，织布开始了。经纱分两层，一上一下地交织，纬纱穿进去与上下两层经纱交织成网状。纬纱要比经纱粗一点儿，先要把纱纺在一个状似毛笔杆的小竹竿上，像小芋头一样，我们称它"芋子"。我记得做芋子的工作先是我叔父的母亲（我喊小奶奶）做，后来是我婶婶做。

织布时小奶奶一手拉着系在梭子上的线索，一手用力拉坎板，把纬纱嵌进经纱里，织布机发出咔嚓咔嚓的响声。小奶奶虽辛苦，但是想到马上就有布了，生意快做成了，就哼起了地方小曲，唱道："脚踩莲花板，手拉莲花闹，织布房里好热闹！东家送纱来，西舍讨布还。见面切切语，声声道家常。洋布买不起，锦衣非分想。老布虽粗糙，遮体能御寒。"曲词虽有点俗，但字字句句道出了劳动人民的苦乐情怀。小曲儿伴着织布机咔嚓咔嚓的响声，交织成一部美丽的交响曲，回荡在老屋上空，久久不绝。

老布虽然没有工业化生产的洋布好看，但因为大家都很穷，就连这种老布也是比较富裕的人家才有得穿，穷人家连穿一件老布衣服也是一种奢望。他们穿的衣服往往是补丁打补丁，甚至衣不蔽体，只能受冻。叔父也是穷人，穷人与穷人总是心连心，偶尔百家布中多出几尺布，叔父就会把零零碎碎的布头送给穷苦人家，这对他们来说犹如雪中送炭啊，让饥寒交迫的人们得到了一份温暖。

叔父特别热爱自己的职业，最首要的是喜欢织布，赚钱是其次考虑的事。记得有一次，他刚把一批百家布搬上架，外面就来了一笔更赚钱的生意，当时正好家里缺钱，他就接下了这笔生意。后来找他做百家布的本村人催着他要布，说要急着做衣服，他便毅然决然地放弃外面的生意，先回家为大家织布。

后来，村里先是搞农业合作社，接着是人民公社，私人的一切经营都停办了，叔父的织布机当然也就束之高阁了。三年自然灾害后，实行"三自一包"，准许农民有点自留地了，但是布票、粮票、油票等还是计划供应。那时一个农民一年只有一丈布票，还不能按时发，只能自己想办法解决穿衣问题。于是就有人在自留地里种棉花，有了棉花就有人向叔父提建议"大爹爹，把你的织布手艺重新捡起来吧"，于是叔父重操旧业，又织起了老布。这时候织的都是百家布，大家伙凑棉花，再按份额分布，这大大缓解了穿衣的困难。

历史的车轮滚滚向前，社会发展日新月异。随着人民生活水平的提高，衣服的功能由过去简单的遮体保暖，转为美观大方，老布自然就被淘汰了。其实，老布看似粗糙土气，但结实耐用，冬天保暖，夏天吸汗。那种舒服感，与现在的布料相比，是完全不同的感受。

今天，我们家已经完全见不到这种老布了，但那段有关老布的往事却珍藏在我的心底，永远留在我的记忆中。

记忆中的那些灯

一篇关于灯的文章，勾起了我从孩提时代到耄耋之年见过的各种灯的回忆。

那位作者写的是20世纪六七十年代的煤油灯、马灯和汽灯。在我的记忆里，除了这几种灯，还有一种灯作者没有写。我想也许作者年龄比我小，没见过那种古老的灯。70年前我刚开始记事的时候，百姓家里普遍使用的灯是菜籽油灯。虽然年代久远，但我至今仍记得那种灯的大致样子。

那是一种架子灯。灯架子是用几根竹条钉在一起组成的框架，很像木制靠背椅，不过靠背椅是木板做成的，而灯架子是用几根竹条做成的。靠背椅的椅面是块正方形的木板，而灯架子中间部位是空的，上面是放灯盏用的，底下如木椅一样有四条腿，放在那里很稳当。

灯架可以放在桌面上，也可以挂在嵌入墙壁的木钉上。灯盏有茶杯口大小，状如缩小的铁锅。那时人们形容食物少够不上用锅煮时常玩笑地说："用灯盏煮吧！"

灯盏里装的是菜籽油，里面放着如毛线绳索粗细的东西，名曰灯草。据说灯草是东北所产的乌拉草，现在也看不到了。掌灯时用火柴把灯草点着，就可以照明了。灯的亮度可以调节，方法是在灯盏里放一根名曰"提灯拍"的东西，用它拨弄灯草，调节灯的亮度。

菜籽油灯发出的光很昏暗，但即使这样，大家还是要节省着用，尤其是家境不好的人家，往往只点一根灯草，舍不得用两根灯草呢。虽然用两根灯草更亮，但是那样耗油啊，被老人看见了要挨骂的——"你这个败家子，家都要给你败光的"。

说到这里，我至今仍疑惑不解，那时就那点点灯光，近视的人很少，现在的灯光多亮呀，怎么有那么多人近视呢？

别小看那只有小小火焰的菜籽油灯，在男耕女织的自然经济时代，老百姓要在夜间劳动，靠的就是它；青年男子寒窗苦读，夜间攻读圣贤书，也要靠它。它陪伴着一批一批有志青年，考上举人、进士、状元，走上仕途之路。这点小小的灯光也给了多少闺中少女夜间挑花绣朵、雕龙画凤的机会啊！

我从启蒙至初小阶段都是使用这种灯，成人夜校上课时也是用它照明，好多灯排列在一起，远远望去宛若天空中耀眼的星星。不过这种灯照不到灯架子底下，民间有句骂人的谚语叫"灯架子不知灯底下黑"，比喻一个人不知道自己的缺点。

那个年代老百姓穷，家里不管几个人做事都是共用一盏灯。记得那时候每天晚上父母宁静的卧室里都会亮起一盏菜籽油灯。母亲在灯下纳鞋底，我和妹妹写字，弟弟最小，在一旁吵着要这要那。父亲本来也喜欢看书，但是一盏灯照不过来，就只好在房间一边来回踱步一边吟咏古文。日子虽然艰难，但一家人能平安无事地围在一盏菜籽油灯下各做各的事，很温馨。

记得那时有邻居比我们家更穷，连一盏菜籽油灯也点不起。他家孩子想学习就来我家，但日子长了他们感觉不好意思，就不来了。母亲说："你不来我家不也是要点灯吗？不多你一个人呀！"经母亲这么一说，那家的孩子才如释重负地又来我家读书写字了。

随着社会的不断前进，旧的东西总会被淘汰，新的东西欣然兴起。到了1952年前后，有了煤油灯，又称洋油灯。煤油灯由底盘、灯座、灯龙头、马口、灯罩子组成。灯座里倒上煤油，龙头穿上灯捻子，即灯芯，点灯时把捻子点着，舌形火苗就从马口里射出来。龙头四周有四只卡子，罩上灯罩，那四只卡子是用来保护灯罩子的。这种灯比在竹架子上架灯盏的菜籽油灯先进多了，也更亮，移动也方便，有灯罩罩着，也不容易灭。

煤油灯用了很长时间，我家从50年代初到60年代末都是用它。不过同样的东西，用的效果如何，也在人。就拿煤油灯来说吧，会用它的人，把它侍弄好，它就会又亮又省油。我妈是个爱干净的人，她用的灯架子总是干干净净的，把灯罩子擦得亮亮的，还会及时把灯座里的油清理掉，使得煤油灯里外都干净。

在灯下工作时，要使光亮集中些，就在一张硬些的白纸中间剪一个圆圈套在灯罩上，使光线照在白纸上反射下来，灯下就亮得多了。这张纸叫灯掩子，意思是掩住光线不让其散发到无关的地方。

热爱生活的人、忠于自己的工作的人，也会爱惜生活或工作时所用的工具。晚上工作时，灯具就是劳动工具呀。那时当老师的人都爱惜自己的煤油灯。60年代时，我在一所小学任教，那里工作认真负责的老师都会把自己所用的煤油灯擦得干净透亮。

这种煤油灯一直用到七八十年代我的孩子上学时。他们假期在家有时会用到它，因为那时农村虽然通电了，但是经常停电，一停电，煤油灯就被派上了用场，所以煤油灯是那时的家庭必需品。

再说到汽灯。汽灯在当时是一种大型灯具，亮度强，照射范围大，这种灯一般是学校才用。记得50年代末我上初中时，教室里就用这种灯。学校有汽灯房，专门有一个人管理汽灯。上晚自习前，班长到汽灯房领取已燃着的汽灯，挂在教室四个拐角的天花板上。那时候双港街逢年过节搭台唱戏，也是用汽灯照明。

80年代后，农村供电正常了，机关、学校以及城乡百姓家庭都用上了电灯。煤油灯又步上了菜籽油灯的后尘，被搬进了历史博物馆。即使偶尔停电，家里备了蜡烛，可以临时使用，也很方便。不过开始用电灯的时候，可没有现在这么多五彩缤纷的灯具，就是普普通通的椭圆形电灯泡。

随着生活条件的改善，人们对灯的要求逐渐提高，不同形式的灯层出不穷。灯的功能不再仅仅是照明，更多的是用于装饰、美化环境。但几十年来我的脑海里一直存留着竹架子灯盏的菜籽油灯和煤油灯的影子，虽经岁月洗礼却挥之不去！

菜籽油灯和煤油灯的光虽然微弱，但正是那一点点灯光给中国人带来了光明。它们见证了中国人披荆斩棘、艰苦奋斗的一段历史，值得我们永远纪念！

昔日桐城

20世纪40年代末，在我还是个不到10岁的小女孩时，外公就经常带我穿行于桐城县城与双港镇之间。

那时从双港方向进城，必从南门入。从泗水桥向北走不了多远，就到了南门崔家棚。那时崔家棚到处都是贴小粑、炸油条、炸油饼、蒸发糕的小摊小贩。

从崔家棚穿过南门大街往前走，就来到了环城路。环城路就是以前的城墙脚，城墙以南是城外，城墙以北是城内。

日本发动侵华战争前，桐城即有"铜城"之美名。1939年，随着日本帝国主义的入侵，时任桐城县长怕桐城被日本人占领后，城墙为日本人所用，同时担心日寇空袭时居民无路可逃，因此下令拆了那些古城墙。这样，桐城的城墙脚就成了现在的环城路。

沿着南大街（今胜利街）往城里走，就到了推车触壁。所谓"推车触壁"，其实是一个丁字路口。从路口向东走，拐角处有两面大石鼓，从路口向西走，就到了老公园门口。东西向的整条街称为北大街，西边尽头处有座牌坊，故称西门牌坊。北大街西边是紫来街，穿过紫来街，就来到了紫来桥。

紫来桥横跨在龙眠河上，桥那边就是桐城著名的商业一条街——东大街。

紫来桥原名桐溪桥。因被洪水多次冲毁，龙眠河便成了一条不可逾越的天堑。后来，清朝大学士张廷玉出资重修了紫来桥。紫来桥的桥柱、桥面、部分栏杆都是用巨大的条石做成的，整体上厚重、古朴、典雅。桐城人为了纪念这位大恩人，就把这座桥命名为良弼桥。

老公园的后边就是桐城小学生们所向往的桐城中学。我外婆家就在一个叫余家湾的地方，与桐城中学只有一墙之隔。在我的记忆里，这堵墙有一道缺口，有时会被封住，但很快又会被人扒开。其实是封不住的，因为人们都想抄近路呀。

小时候我去外婆家，外公总要带我出去玩，看到什么建筑，都要给我讲清其来龙去脉。

在桐城中心，有座庄严肃穆的庙宇式建筑。每当我们来到这里时，外公就会肃然起敬，朝着这幢建筑三鞠躬。我当然也学着外公的样子，同样三鞠躬。外公说，这是圣庙（今文庙），是圣贤之人才能进的地方，一代一代的桐城学子都是从这里走出桐城、走向全国的。

从桐城中学向西走，就到了西门牌坊群。我们站在雄伟高大的牌坊下面，外公滔滔不绝地讲述道："圣庙表彰的是忠臣良将，而牌坊表彰的两种人则是孝子和节妇。这座牌坊是孝子坊，颂扬的是孝子贤孙。中国人的传统美德，孝为立身之本，百善孝为先，这些牌坊所颂扬的就是桐城的一个个大孝子。而那几座牌坊表彰的是桐城的一名名节妇。"

其实这里最吸引我的不是牌坊，而是那些精美的石雕，石人、石马、石乌龟，还有各种飞禽走兽。石人、石马高大威武，使人望而生畏，而那些飞禽走兽雕刻得栩栩如生、活灵活现，就似立刻要离开自己的位置向你而来。

记得外公还曾神秘地对我说："晚上这些石人、石马还显灵呢，万一遇到野兽或其他不测，它们就会保护我们。如果你多做好事，你来到它们跟前，它们就面带笑容地迎接你；如果你做了太多坏事，它们则会吓唬你，令你毛骨悚然。"外公说着说着就把我给吓哭了。我当即表示，再也不去那里玩了。外公反倒笑着对我说:"所以,人要多做好事呀!"

外公外婆在余家湾是小户人家,与他们家一墙之隔的便是著名美学家、文学艺术家朱光潜先生之弟朱光泽的府邸。附近还有佛教圣地百子堂,里面住着几代尼僧。其他几户人家,也都是高门大户。

有一次,我误入一个大宅院,一进门就看见大院套小院,大圆门套小圆门,要进好几道门才能进到屋里。大院小院的地面上全是用鹅卵石排成的一行一行的人字形。院子里树木成行,花团锦簇,有石榴树、八月桂、怪枣树等。庭院深深,幽静高雅,花香四溢,毫不逊色于《红楼梦》中的大观园。

外婆家门前还有一条奔流不息的小河。坐在家里,都能听到潺潺的流水声。水源来自龙眠山,水质无污染,小河里形状各异的大小石头毫不保留地裸露出水面,供人淘洗时使用。

余家湾的后边是一条直通山里的路,这条路叫便宜门。从便宜门的西侧往山上走,山路边有口井叫仙姑井,井口挂着一个竹筒子。走路的人口渴了,可用竹筒子舀水喝。据说那里的井水取之不尽,不管多少人舀,水还是与井口齐平。

便宜门东边有一座大庵堂,名曰净土莲社。将这里称作净土,一点也不夸张。净土莲社背靠青山,与蓝天相接，居高临下，仿佛在俯瞰文都。污染凡尘贴不着，私心杂念进不去。

关于净土莲社，还有一个悲壮的传说。1934年，桐城大旱，几个月没下一滴雨，大地火烧火燎的，田地颗粒无收，灾民到处流浪，饿殍遍野。那时候的人们不懂自然科学，天不下雨就求神拜佛。知县大人组织民众在跳吕台搭祈雨棚，向上天祈雨。

桐城有句俗语叫"玩狗天要阴"，于是百姓们就给狗穿上花衣，让其坐上轿子，抬着满街游。可无论大家怎么折腾，雨神就是毫不动容，全无怜悯之心。

就在人们处于绝望中时，净土莲社里有一位老尼姑夸下海口说："我能求上天下雨。我三天不吃不喝，坐在画好的圈子里念佛经，必能用诚心感动菩萨。如果到了三天还不下雨，我愿接受自焚的惩罚。"说完，她就在烈日下给自己画了一个圆圈，跪在里面，双手合十，闭上眼睛，口诵佛经。她要用自己的诚心来感动菩萨。天下善良的人很多，大家都很焦虑，替她担心，无论怎样，也不能让这位好心的比丘尼自焚呀。

到了第三天中午，果然下起雨来，雷电交加，而那尼姑也吓坏了，说雷神要下凡打死她，她就不应该用这种极端方法来祈雨。为了避开雷电，她躲在有帷幔的桌底下，大声颂念阿弥陀佛，还好，她终于躲过了雷电。

下雨了，全县官民大喜过望。有人说，这老尼姑有法力，她祈求天公，天公就能答应。也有有识之士说，这和诸葛亮借东风如出一辙，说明此僧人略识天文。

外公年轻时是位织布的机匠，后来因土布市场萎缩，自己又上了年纪，便放弃了织布的行当。为了谋生，他便利用家在桐城中学附近的地理优势，在家里负责起一部分学生的伙食。

那时，桐城中学的学生们个个胸怀大志，铭记"勉成国器"的校训，严格要求自己，刻苦学习知识。同时，他们又不是两耳不闻窗外事，一心只读圣贤书的书呆子，而是在读书的同时也关心时事，为社会做有益的事，努力救民于水火之中。

1934年，桐城大旱，而桐城的一些无良土豪却囤积粮食，抬高粮价，不愿意以低价卖给在死亡线上挣扎的贫民。桐城中学的学生目睹此情此景，忍无可忍，组织民众进行暴力活动，把几家土豪家的大门打开，开仓放粮，赈济断了炊的老百姓。

人与人是不一样的。桐城也有几家开明绅士，他们经常在城门出口处搭棚施粥，赈救灾民。桐城中学的学生们喜出望外，积极配合，到现场帮助他们端瓢施粥。

20世纪40年代末，在我外婆家搭伙食的学生们，白天在学校上课，晚上就在外婆家的后院开会。他们开什么会我全然不知，但感觉很神秘。他们的声音也很小，生怕别人听见。夜深人静的时候，他们便出去贴标语、发传单，进行地下宣传活动。后来我才知道，这些学生都是共产党员。他们利用在外食宿的机会，进行着革命活动。

渡江战役打到桐城时，桐城中学成了渡江战役的临时指挥部。桐城中学的学生们更加兴奋起来，他们以"国家兴亡，匹夫有责"的责任感和敢于牺牲的精神，加入解放军队伍，和解放军战士一起承担起"打过长江去，解放全中国"的重任。

以上这些，就是我儿时的桐城印象。旧时的桐城，很是繁荣；旧时的桐城，趣事也很多。

桂家畈轶事

我的老家桂家畈是个椭圆形的村庄，一条直通长江的清水河像一条绿色缎带环绕在它的四周。风和日丽的日子里，河水荡漾，垂柳戏虾，好一幅宜人的乡间图画。

也不知是哪朝哪代桂氏先祖迁居此地，从此有了这个如诗如画的小村庄。

在我的记忆中，桂家畈住着四五十户人家，大半是农民，也有书香门第，还有手工业者，他们都是本分的老百姓。他们以孝为先，尊敬师长；懂得感恩，勤俭持家；忠诚处世，大义凛然。

（一）

听父亲说，清朝末年，桂家畈有一位私塾先生，可谓桃李满天下,他教的学生有普通百姓,也有达官贵人,他们都是知书识礼、善良有节、懂得知恩图报的人。

由于桂家畈坐落在合永长圩的东端,地势低。发小水时,田园不同程度地被淹;发大水时,房屋被淹,百姓无家可归。

有一年潮汛来时,合永长圩与邻家圩都发了水。眼看着桂家畈的田地就要被邻村圩放的水淹没,村里百姓心急如焚,这可是关系全村人生命的大事。

这位私塾先生有一个学生在安庆做知府。先生为了村里四五十户人家的性命,就去找这位知府学生。那时没有车,出门就靠步行。先生走到离安庆还有10里之遥的十里铺时,天就黑了下来,他只好歇在一家旅店里。

当时先生身上没带足银两,他向店家说明原委,店老板看了看先生,见他一副慈善的面孔,不像坏人,就容他住下了。

翌日清晨,先生写了一张字条,吩咐店中伙计送到安庆知府衙门。知府老爷收到字条后马上叫人备轿。轿夫抬着空轿,他自己则步行跟随,来到十里铺老先生所在的店里,要接先生进府。店老板一看傻眼了,心里嘀咕着:"这老先生真牛,还好昨晚没有得罪他。"

私塾先生进府后,向做知府的学生说明情况。知府马上下访民情,摸清情况后带领群众排除水涝;另一方面又教育大家,邻里之间要互帮互让,把水灾损失降到最低。就这样,经过老先生和他学生的努力,桂家畈的百姓免去了一场洪水之灾。

(二)

当五四运动的新浪潮震撼文明古国之时,也惊醒了桂家畈这个沉睡的小村庄。当时在校读书的青年学生们深受五四运动的感染,一场争取个性解放、婚姻自由的运动也悄悄在桂家畈拉开了序幕。

桂家畈有一户人家,家里有田地,外面有生意,是当地有名的富户。家里有位姑娘正当妙年,天生丽质,接受过新式教育,没事的时候还看过些爱情小说。那时,她暗恋上了一位有识之士,但又不好与家人明说。她怕家人给她说婆家,就决心吃斋念佛。父母当然心疼女儿,舍不得她放弃人生幸福,再三劝阻,但是一个人的决心已定,很难回头,只得由她去了。从此这位姑娘远离红尘,一心向佛。

终于有一天,她的意中人来到她家。他们两颗火热的心碰撞在一起,有说不完的话。他们谈国家的前途和去向，谈个人的理想与憧憬，越谈越投机，似乎相见恨晚。第二天早晨，家人发现两个桃李年华的男女离家出走了。

后来，听说他们结婚了。再后来，他们都参加了工作，和家人取得了联系。1958年，国家提倡知识青年下乡，当年的姑娘已是一家工厂的中层干部。她带头响应政府号召，携子女回到老家桂家畈参加农业生产，一家人和乡亲们同吃同住，亲如家人。

（三）

内战时期，老百姓要想生存下去，只得左右周旋。善良的百姓知道共产党是为人民谋福利的爱民党，因此宁可自己饿肚子，也要把节省下来的粮食献给人民的军队。

一天，桂家畈的村民阿根发现稻场的草垛上有一张字条，意思是让村民将两担米送到桐城山边一个指定地点，货到付款。阿根把字条交给村里一位长者。长者心想，一定是解放军战士断粮了，情况危急，于是马上组织人到各家各户收集粮食，并连夜派阿根把粮食送到了指定地点。这种行动是秘密的，是有生命危险的，如果让国民党知道了是要被杀头的，可阿根毫不畏惧。

渡江战役打响后，阿根和桂家畈的乡亲们自告奋勇地组织起来，帮助解放军战士划船渡江。国民党妄想凭借长江为天堑，死保他们的"半壁江山"。船到江心时，国民党向解放军的船开枪，阿根不幸中弹牺牲了。噩耗传到桂家畈时，他的母亲几次要追随阿根而去，都被乡亲们劝住了。后来，这位顽强的母亲调整好心态，决心为大儿子报仇，就把小儿子也送去军队里当了一名解放军战士。

历史的车轮滚滚向前，带走陈腐，也萌发新生。发生在乡村里的故事也无不打上了时代的烙印。如今的桂家畈依然被一条清水河环绕，河水荡漾，如诗如画……

双港老街的陈年往事

（一）

桐城西乡双港铺坐落在一座蜿蜒曲折的山岗上，两边都是圩区，南边是南圩，北边是北圩。我家就住在双港街北圩一个叫桂家畈的小村庄，距离双港街一里多路。

因为距离近，我从小就跟着大人上街。到10岁左右时，我便能一个人上街买东西、办杂事了，有时一天要跑好几趟。

双港铺历史悠久，其左边有座形似香庐的小山岗，名曰妲己台，相传因商纣王的爱妃妲己常在此宿而得名。

妲己台后面有座牌坊，人称苏家牌坊。苏家牌坊后是一处天然凸起的天城墩，原名梵天城。这里曾是香烟缭绕、梵音声声的佛教圣地。梵天城四周由水环抱着，后来乡绅名士在这里建立了天城书院，让渴求知识、喜爱读书的青年人在此静心读书。

（二）

相传清末民初，桐城西乡有一男青年，看到军阀混战、弱肉强食、民不聊生的社会现实，怀着为中华崛起而读书的愿望来到天城书院求学。这位青年在天城书院读书期间，勤奋认真，刻苦钻研，后来终于以优秀的成绩考入高等学府。

他在高等学府读书期间，正是马克思列宁主义在中国传播和五四运动的革命潮流激荡之时。受到新思潮的影响，他逐步走上了革命的道路。随着革命形势的发展，这位热血青年来到苏俄，并很快加入当时反沙俄专制统治的国际共产主义运动中，成为伟大导师列宁的革命战友，后来被沙俄政府逮捕入狱。

遗憾的是，他未能看到革命胜利就壮烈牺牲了，但他的革命精神被天城中学的师生们传为佳话。现在天城中学的校史上，仍有他的生平记载及他和列宁的合影。

如今，每每回忆这段往事，我的心情都久久不能平静……

（三）

老双港街的街道是用长条形的麻石铺成的，那时候人们称它为麻石条。在麻石条上面漫步，有一种石径通幽的感觉。

老街中间有一处用石头垒叠做成的闸门，就像给街道镶了一道街牙子。老街上的居民都习惯地称此地为闸子门。

那时候老百姓到街上买卖东西，都得在规定的时间和地点交易，人们称之为赶集。这里每逢农历三、六、九为集日，后来改为农历一、三、五、七、九。

赶集的人都习惯集中在闸子门那块儿，每逢赶集的日子，那里都人满为患。

20世纪50年代，双港街有一位叫"罗癫痢"的中年男人，他维护着集市的交易秩序，并做些市场清理的杂事。孩童时期，我经常看见他拿个喇叭筒子在街道来回走动，大声地喊这喊那，如"大家要遵守公共秩序""买卖要公平""要爱护公共卫生""谨防扒手"等。

但他也不是为人们免费服务的。秋收季节，他便挑着稻箩走村串户，向别人要一点儿稻子。大家也乐意给他，这家几碗那家几升的，到了晚上回家时，他保准能集一担稻子，收益也不少呢，这大概算是他一年来的市场管理费吧。这种拿"工资"的方式，我估计现在很多人都没听过。

（四）

双港街虽然是个小镇，但物资运输畅通，货品齐全，市场一片繁荣。市场上还有"四大家族"，即布草店、糕饼坊、中药铺、杂货店。这四家店面生意兴隆，在当地小有名气。

那个年代，人们去哪里都是步行。从安庆到桐城，或者从桐城到安庆，都要在双港铺歇脚住宿。路途短时，不住宿也要休息一会儿，喝口茶再走。这样一来，双港街的茶馆、饭店生意也红火了起来。

如有人想约朋友说事或谈生意，就会邀请对方去茶馆里；人们做工疲惫了，也会去茶馆放松放松。可见，当时的茶馆也是谈生意、休闲娱乐的场所。

那时，双港老街有一位中年妇女，能说会道，秀外慧中，因身材苗条，人们都叫她苗子。

苗子是个擅长与人打交道的人，所以乡长、保长、甲长、地主老财等三教九流的人物，有机会都会来她家喝酒、打牌。在外人看来，她是个卖弄风情的坏女人，然而时间长了大家才知道，她还隐藏了一个不为人知的身份。

一天晚上，有几个士兵来到她家，据说是解放军战士，苗子赶忙去给他们做饭。饭后，战士们走了，其中一位连长受伤了无法行走，苗子就把他留在家中养伤。可事情就那么不巧，不一会儿工夫，她的店里就来了几个乡长、保长与甲长。

苗子一看，心里一阵紧张，头上直冒冷汗，但她马上镇静下来。为应付场面，她把麻将牌倒在桌上，温柔地打趣着说："几位先生来得正好啊，我正闲着，不如我陪几位大人打打牌。伙计，泡一壶好茶送上来！"那几位地头蛇见有美女陪着打牌，又有免费的茶水喝，自然高兴，就开心地玩起牌来。

苗子虽在打牌，却想着那位受伤的连长，心怦怦直跳。少顷，一个七八岁的小男孩走了进来。苗子顿时急中生智说道："小毛，你表哥来了，从安庆挑货回来在路上摔了一跤，现在在我家里。你把他带回你家歇歇去吧！"说着向小男孩使了个眼色。那小孩也特别聪明，机灵鬼似的，马上心领神会地到后房牵着解放军战士的手说："表哥，我们回家吧！"

苗子与小男孩就这样在敌人的眼皮底下，上演了一场只有他们才懂的好戏，保护了这位解放军战士。

（五）

双港老街的文化生活历来丰富，有街道组织的文工团、戏剧团。戏剧团在街头的一块空地上搭了个戏台，每天下午都会唱传统的黄梅戏。那时候双港街有一帮业余演员，经常会去表演，一些在城市就读的大学生、中学生，假期回乡时也会参加剧团的演出。

过年的时候，大家会自发组织灯会。那个年代人们的文化生活也只限于看戏、赏灯，不像现在的年轻人有看电影、看电视、玩网络游戏等多种选择。

当时流传着这样一句话——"大人望插田，小孩望过年"。因为过年时小孩不但可以穿漂亮衣服，有好吃的好喝的，还能看戏、观灯会。

一到唱戏舞灯的时候，孩子们个个心花怒放，都喜欢跟着舞灯队伍跑。

舞灯是一项劳动量很大的活动，所以舞灯人必须是年轻力壮的小伙子。他们三九天穿着单衣，却舞得满头大汗。小男孩们拿着点着的鞭炮往狮子身上甩，看着都让人心惊胆战。

有一次，舞灯队走到糕饼坊店铺门前时，龙灯上的龙珠掉了下来，店铺里的员工赶忙捡起龙珠轻轻放在柜台上。接着舞灯人舞到了店里，敲锣打鼓的人也一起拥了进来，大家齐声喝彩，闹翻了天。

店主喜笑颜开地招待大家喝茶抽烟，还给舞灯人发红包、送糕点，来者人手一份，对于孩子们还会多发一点儿。大家既能看灯又能吃到美食，谁不高兴呢？

如今，那个时代离我们已远矣，但这些陈年旧事却深深地留在了我的记忆里……

桐城民间故事一

清朝同治年间,安徽省桐城县有一位姓郝的大财主,人送外号郝赖。他虽有万贯家产,却从不吝啬,为人处世十分豪爽仗义。

故事发生在那一年的年三十晚上,天上飘着雪花,外面天寒地冻。吃过年夜饭的郝赖正坐在厢房看书,猛然间看见一个黑影从眼前晃了一下,然后钻进了他家的大鸡笼。

郝赖心里咯噔一下,心想,不好,家中遭贼了。

郝赖静静地想了一会儿,不动声色地吩咐老伴儿,年夜饭没吃好,再炒几个热菜,温上一壶好酒,再吃点。

郝赖的夫人本是大户人家出身,特别温柔贤惠。她二话不说,立刻炒了几个好菜,温上一壶好酒,摆上桌来。

郝赖摆好两副碗筷,斟上满满的两杯热酒后,就对着院子里的鸡笼喊道:"我说,鸡笼里的朋友呀,赶快出来吧,那里的气味可不好受。出来喝点温酒,吃点热饭菜,暖和暖和!"

这时,躲在鸡笼里的小偷知道郝赖发现他了,心想,自己已是笼中之物,想跑也跑不了,干脆出去吧。于是他硬着头皮,从鸡笼里哆哆嗦嗦地爬了出来。

刚来到郝赖面前,他就扑通一声跪下,不停地磕头求饶。他说自己姓张,叫张大感,就住在离这儿不远的圩区,今年夏天发洪水,他的房子被大水冲倒了,仅有的一点儿衣物也被大水冲跑了,一家人挤在租来的一间破屋里。今晚虽然是年三十,可他全家都没有吃上饱饭。他实在不忍心家人挨饿受冻,于是铤而走险来偷鸡,不想还没有伸手就被发现了,要打要罚都可以,只是千万别报官,因为他上有80岁的老母亲,下有三个没成年的孩子,都靠他养活。

郝赖见张大感在鸡笼里弄得一身鸡屎,狼狈不堪,又有着这么一段痛苦的人生经历,心中顿时涌起怜悯之意。于是,他一边搀扶起张大感,一边叫家人拿来一套棉衣,让他赶紧换上,然后请他在饭桌前坐下,陪他喝热酒,吃热饭菜。

酒过三巡,菜过五味,两人谈得越来越投机,双方都有一种相见恨晚的感觉。这时,郝赖的豪侠仗义之情油然而生。他语重心长地安慰张大感说:"我知道你不容易,否则你也不会在年三十晚上出来偷东西。天灾不可避,良心不能灭。这样吧,我看你也是个勤快人,我已吩咐家人给你挑拣了两大箩筐年货,我再送你20两银子做本钱,你以后干脆就卖鱼吧,也好养家糊口。"

张大感见郝赖不但没有责罚他,反而送他钱财和年货,帮他渡过难关,立刻再次叩头谢恩。一番感激过后,张大感担起年货,趁着黑夜,匆匆离去。

从此以后,张大感便起早贪黑做起了贩鱼的生意。由于他勤劳、肯吃苦,一家人的生活很快就有了起色。

为了报答郝赖的搭救之恩,他每天经过郝赖家门前时,都会偷偷留下一条鲜鱼,让郝赖及家人尝尝鲜。

郝赖有一个远房亲戚,名叫王阿三。此人平时好吃懒做,赌博成性,偷鸡摸狗,无恶不作。郝赖也不知给过他多少银钱,可他丝毫没有感恩之心,反而嫌郝赖给的钱财太少,时时刻刻都想伺机报复一下郝赖。

一天深夜,赌输了钱的王阿三来到郝赖的邻居李世家门口,想偷走他们家唯一的一头大黄牛。他想,这头大黄牛要是卖掉,足够他快活逍遥一阵子了。

可正当他要牵着黄牛出门时,被李世发现了。李世立刻上前阻止。两人拉扯之时，王阿三干脆一不做二不休，从腰间拔出匕首，刺死了李世。

为了栽赃陷害，他把那把带血的匕首扔进了郝赖的院子，又把李世的尸体放在郝赖家门口。做完这些，他就牵着那头大黄牛匆匆逃走了。

谁知这一切，恰巧被起早给郝赖送鱼的张大感看见了。他不禁替郝赖叫苦：不得了啦，郝老爷这回是大祸临头了。那个年代，若谁家门前有具尸体，又有杀人凶器在场，那他纵有千张万张嘴也说不清。眼见王阿三逃走后，趁天还没放亮，张大感毫不犹豫地放下鱼篓，背起李世的尸体，悄悄地放回李世家中，再敲开郝赖家的大门，示意郝赖不要声张，让他取出那把带血的匕首，扔回李世的家里。

轻手轻脚地做完这一切后，张大感便挑起鱼篓到市场卖鱼去了。

天亮后，人们自然发现了李世的尸体，腿脚快的人立刻上报了官府。见本地出了人命案，桐城县的县太爷丝毫不敢怠慢，急忙升堂审理，可调查来调查去，都没有查出个结果。

山重水复疑无路，柳暗花明又一村。正当县太爷被此案搞得焦头烂额时，被王阿三卖掉的那头大黄牛竟独自跑回到了李世家中。买牛的人并不知情，匆忙来寻，被官府逮了个正着。县太爷立刻顺藤摸瓜，抓住王阿三，让他归了案。张大感见王阿三被抓，也不再惧怕，主动出庭作证，把他一大早看见王阿三杀死李世的经过完完整整地说了一遍。王阿三见人证物证俱在，抵赖不掉，只得认罪伏法。

郝赖因在张大感困顿之时拉了张大感一把，自己也在张大感的帮助下避免了一场杀身大祸，他自然对张大感心怀感念。从此，两家人关系处得更好，走得更近了。

这真是：世间善恶终有报，人生处处友情长。

桐城民间故事二

清朝乾隆年间,桐城县的西乡有一个人杰地灵的村庄,叫"袁家老屋",那里住着一位颇有些财产的读书人,名叫袁义仁,大家都尊称他为"袁老爷"。

袁老爷有个女儿叫玉兰。玉兰从小就聪明好学,还长得花容月貌,人见人爱,袁老爷自然视其为掌上明珠。

待到玉兰六岁时,袁老爷特意请来一位教书先生为玉兰授课,讲授历史上的忠孝节义、仁爱忠贞之事,顺带让她读唐诗、宋词、元曲等,既陶冶了情操,又增长了文化知识。

接受过专门教育的袁玉兰,自然比一般人家的女子多了几分聪慧与修养。

玉兰16岁那年,父母经多方打听后,让玉兰与同乡另一个村的方公子订下了婚约。

方公子名叫方有才，其父亲方啸天本是个读书人，只是后来因要养家糊口，便中途改行做起了鱼盐生意，虽不是大富大贵，家境倒也十分殷实。

方有才不但人长得英俊，且天资聪颖，又刻苦好学，因此小小年纪就名闻乡里。方啸天夫妇对其子寄于莫大的希望，希望他今后能成为国家的栋梁之材。同时，他们也希望儿子能娶一位贤淑女子，做他的贤内助。

方有才的父母对袁玉兰的德才也早有耳闻，所以对她相当满意。

方有才与袁玉兰定亲，虽说是父母之命、媒妁之言，但他们也都对彼此的才学、人品钦慕已久，可谓你情我愿。

那个年代，他们两家虽说结下了秦晋之好，但男女双方在婚前是不能接触的，只远远地看过一眼，还都没有看清对方的容貌。

方有才跟在一位名唤汪登侯的先生门下读书，而袁小姐在家看书的同时还要做女红。

都说"好女孩易被人惦记，好姻缘常遭人妒忌"，这话一点儿也不假。

邻村有一个读书人，名唤贾思文。他早就对秀外慧中的袁玉兰垂涎三尺，怀有不轨之心，只是苦于没有机会。

一天夜里,贾思文冒充方有才悄悄潜入玉兰的闺房。正在看书的袁玉兰又惊又怕,但碍于小姐身份又不敢声张。

贾思文看穿了玉兰的软弱,便对玉兰说,你迟早都是我的人,不如我们现在就把好事做成。尽管玉兰一再拒绝,可最终敌不过贾思文的威胁、哄骗与强迫。

玉兰被贾思文拽在怀里的那一刻,瞥见了他的胸口有一颗蚕豆大的朱砂痣。

有了第一夜,就必有第二夜,一段时间过后,玉兰怀孕了。贾思文知道后,骗玉兰说只要冬天一到,就过来迎娶她,其实却吓得不敢再来。此时的玉兰也无其他办法,只好静等婚期的来临。

说来也巧。这年夏天,玉兰母亲生病,一家人都忙着照顾母亲,对于绣花楼上发生的一切全然不知。等到了冬天,玉兰的母亲去世了。按照桐城的习俗,玉兰大孝期间,要么在七七四十九天之内完婚,要么就得等三年以后才能成婚。方、袁两家考虑到男女双方年龄已大,就想趁早把婚事给办了,也好了结双方父母的心愿。于是,方有才的父母便请人上玉兰家求婚。

当方家锣鼓喧天的迎亲队伍来到袁家时,玉兰羞愧不已,但也只能强作镇定坐上花轿前往方家。

表面上，玉兰风平浪静，可她的心中却暗流涌动。在一阵阵鞭炮声中，大红的喜轿把玉兰抬到了方家大堂。

方家大堂之上喜气冲天：大红喜字贴在墙上，朱漆的方桌上焚烧着香炉，一对龙凤蜡烛跳动着鲜艳的火苗，宾客们都满脸喜气地或坐或立，齐聚一堂。

婆家的伴娘一边一个搀扶新娘下轿。新娘在新郎的牵引下走上红毯，履行拜堂程序。

也许是坐花轿一路颠簸的缘故，正当这对小夫妻行夫妻对拜之礼时，新娘肚子里的男婴呱呱落地了。在场的所有宾客都被吓得目瞪口呆。

霎时间，鸦雀无声。人们不知该怎样面对这个场面。

正在紧急之时，新郎方有才弯下身来抱起地上的婴儿，很有礼数地对大家鞠躬说："今天对不起大家了，婚礼到此结束，我得带我的妻子、孩子回房休息去了。"

本是一场要命的大祸，就这样被方有才淡淡地平息了。

到了婚房，当玉兰看见真正的方有才时，一下子就傻了眼——眼前的这位方公子，与每天晚上去她家绣楼的"方有才"不是一个人！

这一刻，袁玉兰更加羞愧难当。她立刻明白，自己是被那个假方有才给骗了！玉兰感觉再也无颜见人，唯有死才能解决一切问题。于是，她把手伸向婴儿，想先掐死婴儿，然后自尽。

方有才见玉兰羞愧难当，一心求死，忙从她手中夺下婴儿，又俯下身来安慰她说："夫人，不管这是谁的孩子，今天既然他生在了我家，就是我的孩子，我认了，我相信你的才识与人品。我不会嫌弃你的，你放心。既然这孩子是在婚礼上出生的，我们干脆就叫他方礼生，如何？"

就这样，方有才几句体己的话，说得玉兰重拾起活下去的信心。

婚礼上发生的丑闻，一下子就在四邻八舍间传开了。贾思文当然知道那个孩子的来历，但因怕摊上官司，便不敢声张。

玉兰父亲知道此事后，气愤不已，第二天就赶到方家，他想要审问女儿到底是怎么回事。

而方有才仍是一口咬定孩子是他的，岳父想怎么惩罚，他都能接受，并在岳父面前长跪不起，恳求原谅——一切都是他的错，请老岳父千万不要责怪玉兰。

见女婿把话都说到了这份儿上，袁老爷自然也无话可说，只得悻悻地回家了。

玉兰是个明白人，见自己的丈夫如此大度，更羞愧得无地自容。可想想怀中无辜的孩子，她也只好低下头来保持沉默。

方有才的人品，让玉兰从心底里佩服。从此，她对丈夫百依百顺，敬重有加。

而心胸宽广的方有才对妻子没有任何嫌弃，反而对她百般体贴，关心备至，对那个孩子也是视如己出。

此后，方有才在玉兰的陪伴和鼓励下，读书更加刻苦用功，深得老师汪登侯先生的赏识。

等到了大比之年，方有才进京赶考。玉兰竭尽全力相助：为他备下所需钱物，并安排佣人陪同。玉兰相送甚远，千叮咛万嘱咐之后，才与夫君依依惜别。

方有才本就是个注意自己品行之人。他认为，朝廷选拔人才，德行定然该排在首位。有才无德，不配做人，更不配做官。

由于方有才的基础知识扎实，文学功底深厚，他的答卷让宗师大人非常满意。

笔试后，皇帝钦点面试。皇帝问方有才："你家住哪里？"

"家住安徽省桐城县。"他如实回答。

皇上再问："桐城县近来有个朝廷要犯方帮玉，你可认识？"

方有才如实道："此人是我家亲戚。"

皇帝对主考官说："此人该用。一般人听到这种情况，躲都来不及，他却毫不隐晦地说那是他家亲戚。这种实话实说的人，德行过关。这种人若为官，肯定能刚正不阿，为百姓办好事。"

于是，方有才被主考官录取了。加上那时已为知府的汪登侯先生的推荐，方有才在安庆府的潜山县当上了知县。由于他为人正派，主事公道，替潜山百姓办了不少实事、好事，因而被称为青天大老爷。

再说那贾思文，听到袁玉兰在婚礼上产下一男婴，就吓得躲到了外县亲戚家，待风波平息后才回到家中。这时他懊悔没有娶到貌美如花的袁玉兰，心中虽恼怒万分，但也无计可施。

后来，其父母也给他娶了一个妻子，但他并不爱她。不爱也就罢了，谁料那贾思文品德败坏，脾气暴躁，对妻子常常家暴，不是打就是骂。妻子因不堪忍受他非人的虐待，自缢身亡。

妻子死后，贾思文有所改变，开始反省自己。但反省归反省，犯下的罪恶已不能改变。大比之年，他也去赶考了，成绩虽比不上方有才，可也被录用了。

然而贾思文妻子的娘家人，以一纸诉状将他告到了官府，控诉贾思文虐待妻子，逼死妻子。

这一状在官场上引起了极大的反响，甚至惊动了皇帝。皇帝看完诉状的陈词后，勃然大怒："如此禽兽不如的人，如何能为百姓做事？这种人即便学问再好也不能用！"

贾思文就此被取消了功名。他心中既恼怒，又内疚，感觉无颜见家乡父老，只得隐姓埋名，流落至安徽省的凤阳府。

由于他肩不能挑、手不能提，只能靠帮别人写家书、对联、诉状等为生。

光阴荏苒，日月如梭，转眼间20年过去了。小礼生也长大了，玉兰与方有才也有了自己的孩子。方有才对礼生如同亲生，方礼生压根儿不知道自己的真实身世。

礼生在方有才的教育与熏陶下，勤奋好学，早已胸藏文墨，满腹经纶。大比之年，在父母的安排下，他也上京城应试去了。

由于方礼生平时饱读诗书，功底扎实，人又聪明伶俐，他也考中了。

皇帝为了历练他，把他派到了安徽凤阳府，任凤阳府的府尹。

几年以后，方礼生在父母的张罗下，娶到了自己心仪的夫人——尚书之女。

又过了几年，方有才因身体不佳，告病休假一段时间。

为了照顾父母双亲，方礼生把父亲方有才、母亲袁玉兰和妻子都接到了自己的身边。

方礼生的妻子从小就接受良好的教育,有教养、懂礼数,对方有才和袁玉兰非常孝敬,一家人的生活其乐融融。

话说这一年夏秋之际,凤阳府发生了大范围的水灾。

7月,凤阳城中水深四五尺至一丈,城内关厢及各村被冲坏民房十余万间,淹死上千人,灾害之重历史少见。

人都说"大灾之后,必有大疫",所以方礼生丝毫不敢怠慢。他向朝廷及时报告灾情后,就组织当地乡绅、青壮年劳力、官府及民间郎中,发放药品、粮食、衣、被等,开始救灾。

由于灾情紧急,礼生的父母、夫人都加入了救灾行动中。

这时,流落到凤阳府穷困潦倒的贾思文,在大水中奄奄一息。他被当地的青壮年救起,抬到了为救灾而临时征用的大庙里。

也许是上天的安排,参加救灾的袁玉兰和儿媳妇正好也在这里,她们立刻给贾思文灌了一些汤药。

苏醒后的贾思文,操着一口地道的桐城话表示感谢,瞬间引起了袁玉兰的注意。

袁玉兰仔细看了看贾思文,不禁倒吸了一口凉气:呀,这人是这般的熟悉!

此时她已顾不上那么多,上前扒开他的上衣。贾思文胸前那颗朱砂痣立刻跃入她的眼帘——这不正是当年那个使她蒙羞的男人吗？袁玉兰顿时两眼发黑，几乎晕倒，但她马上镇静下来。此刻，她恨透了这个躺在她脚边的男人，但是出于善心，她还是把药物发给了贾思文，随即离开。

贾思文看了看袁玉兰，又听袁玉兰说话的口音，心中也猜出了八九分。

等到方礼生来慰问灾民时，贾思文故意跟方礼生攀老乡情。从方礼生的口中，贾思文得知了他的出生年月、父母姓名，加上方礼生与自己眉宇之间的几分相似，他立刻就认定这小子是自己和袁玉兰的儿子。

贾思文病好以后，悔恨与愧疚一直折磨着他。他想重新做人，可又苦于没有钱财与机会。

方礼生是个有良心的读书人，也是百姓眼里的好官。他惜老怜贫，得知贾思文与自己是老乡，现在又有难在身，就有心想帮助他一下。

他先资助了贾思文一笔钱财，让他可以无衣食之忧，又鼓励他来年参加科举考试。

这时的贾思文，也认识到自己前半生犯下了不可饶恕的罪过，便想后半生做点好事弥补一下。

终于，几年之后，贾思文也取得了功名。

说来也巧，后来贾思文竟成了方礼生的下级。但为儿子的前途着想,他克制着自己的感情,没有与儿子相认。他只是默默地爱护儿子,支持儿子,辅佐儿子。

之后,方有才的身体也恢复了健康,官复原职。

方家父子,无论是做知府还是做知县,都是大家眼里的正直官员,都得到了老百姓的交口称赞。

后来,方礼生被朝廷重用,方家更加蒸蒸日上、兴旺发达。

这真是:
>人心存一念,天地尽皆知。
>善恶若无报,乾坤必有私。

桐城民间故事三

张英、张廷玉父子双宰相,在家乡桐城留下许多美谈。特别是老宰相张英,他以修身、齐家、治国、平天下的修为,成为桐城人世代传颂的楷模;他与人为善、遇事礼让的品质,更是后代子孙们学习的榜样。他礼让三尺,让出六尺巷的故事,广为流传,妇孺皆知,在这里我不想多叙,我只想说一说在桐城民间流传的关于他的另外几个鲜为人知的小故事。

(一)

传说桐城邻县有个知县姓王,是位清正廉洁的好官,任职期间深受当地老百姓爱戴。他审案公正,不可避免地触犯了某些权贵者的利益,尤其是当地的雷财主。

雷财主仗着自己有背景,有靠山,便无中生有地诬告王县令强占民田、逼死人命,结果王县令被定为死罪,于秋后问斩。

县令太太深知王县令的冤情,悲痛万分,但她始终想不出个办法救丈夫。最后,还是王县令手下的一个门生点醒了她:邻县桐城有一位张宰相,为人正派,是个清官,说不定他能同情王县令的遭遇,帮王县令讲讲话,把案子翻过来。

据说在当时,朝廷的案子一旦判定,再翻过来的希望微乎其微。

县令太太抱着只要有万分之一的希望就要做百分之百努力的态度来到了桐城。

怎样才能进入相府呢?这位县令太太想来想去,不得不放下身段,以一身农妇打扮,手提绣花篮,在相府门前卖起绣品来。

你还别说,县令太太绣的花的确好看,人见人爱。

张英的母亲张老太太房中的丫环,为讨老太太欢心,买回两幅好看的绣品给老太太欣赏。老太太一看,果然开心,于是叫丫环再去买。一来二去,久而久之,老太太就想看看这位巧女子到底是怎样用绣花针绣出这么好看的花来。

这天，丫环将那卖绣品的女子带进府里拜见老太太。老太太见这村妇长得俊俏，伶俐乖巧，很是喜欢。一问，又是个无家可归的孤女，于是就把她留在房中当了丫环。

没过多久，机会来了。张英要把母亲接到京城小住一段时间，县令太太说她舍不得离开老太太，恳求同行。老太太见她为人诚实，又体贴，也舍不得她，就带着她一起去了京城。

到了京城以后，县令太太更是处处留心、时时留意，尽心伺候老太太。一天，她见老太太特别高兴，心想，是时候了，于是扑通一声跪倒在地，一把鼻涕一把泪地说出丈夫的冤情。末了，她恳求老太太在儿子张宰相面前替她丈夫说说话，请张宰相为她丈夫伸张正义，平反昭雪。

老太太见县令太太说得情真意切，没有虚言，就对县令太太一家的遭遇产生了同情之心。晚上，她趁儿子问安之时，便对儿子说了此事。张英本是孝顺之人，母亲的话怎能不听？何况这也是为百姓做好事，忠孝两全，何乐而不为呢？

于是，张英寻了个机会来到案卷室，找到王县令的案卷。在仔细分析完卷宗后，他提笔在卷尾写道"此案可疑"，落款"张英"。

后来办理案件的官吏看到张英的批示,不敢大意,便重新审理此案,果然发现证据严重不足,纯属诬告。遂改判王县令无罪,官复原职。

王县令与太太对宰相的救命之恩千恩万谢,感激不尽。从此以后,两家成为至交。

(二)

张英宰相不仅是个政治家,能够治国平天下,还是个豪放有趣的诗人。

老宰相回桐城老家归隐后,经常外出游山玩水,体察民情,也与民间文人、田园诗人吟诗和诗。但他为人低调,从不显露自己的身份。

这一年夏至刚过,热浪滚滚。

一天,张英青衣小帽,一副乡村教书先生的模样出门。他来到桐城西乡名镇练潭,和当地小有名气的读书人在渡口一座凉亭里纳凉。大家一边饱览湖光山色,一边借景抒情,吟诗作画。因是夏天,每人手中都持有一把折扇。大家一边悠然自得地扇着扇子,一边互相欣赏扇面上的画作。

有一把折扇上的画面是白茫茫的一片雪景,雪中有凸突起的山丘,山丘下面是河流,河边有一老叟手持钓竿在钓鱼。大家边看边感叹，这老者真是怪哉，为什么要在大雪天独自钓鱼呢？不如我们就此为题，题一首诗吧？

大家互相谦让，都请别人先题。当扇子传到张英手中，张英当然也再三推让。后来他们达成共识，长者为尊，还是请张英先题。

张英不好再推辞，只好先题。只见他提起笔来，唰唰几笔，一首流传后世的诗作便跃然纸上：

一年三百六十日，多少晴天大日头。

唯见江边一老叟，为何雪中钓孤舟。

扇面景好，诗更雅。大家吟咏着，啧啧称赞："真是妙笔生花呀，好诗，好诗！"于是他们请老先生落款。张英谦让地说："不要落款了，不好落呀！"但大家一再相请。盛情难却之下，张英只好执笔在诗的末尾写下"桐城张英"几个字。这一写不要紧，在场的文人雅士齐刷刷都跪了下来，连声说："不知大人驾到，死罪，死罪！"此时的张英，俨然是一位慈祥的长辈，他一一扶起大家，笑呵呵地说："我说不能落款嘛！"并向大家回礼致谢。

（三）

张英乐善好施，笃信佛教。他常说，为人要常替他人着想，要多做有益于他人的事，不做损人之事，自然会受到神佛的庇佑。

他自我要求甚严，因而获得了康熙皇帝的信任。他的书房有一副自己写的对联：

读不尽架上古书，却要时时努力；
做不尽世间好事，必须刻刻存心。

时时努力读古书，刻刻存心做好事——这是张英对自己的高要求，也是他对后世子孙的期许。

张英的对联不仅对仗工整，还诙谐有趣。

传说有一次，他到民间微服私访，碰到那里的农民用稻草捆秧，一农妇随口说了句：

稻草捆秧父抱子

这上联妙在前半句"稻草捆秧"，写的是眼前实景。下半句以"父抱子"来作比，以"稻"喻"父"，以待插之"秧"喻"子"，颇为生动传神。

张英在田头沉思片刻后，脱口而出：

竹篮装笋母怀儿

下联不仅对得工整巧妙，而且和上联一样暗含了几个比喻，意境相合，堪称佳作。

从以上几件小事，我们不难看出，张英在桐城人心目中的形象：为人低调，平易近人。为子，孝敬父母，讲孝道；为官，清廉刚正，深知民间疾苦，替民作主，伸张正义，是个名不虚传的好官。

桐城民间故事四

桐城西乡曾有一个村庄住着几十户人家,但村民只有两个姓氏:王和李。

这几十户人家世代都是农民。他们靠自己勤劳的双手,日出而作,日落而息。在风调雨顺的年景,小日子也还过得去。

然而桐城西乡多为圩区,遇到闹水灾的年份,村民的日子可就不好过了。

有一年,这里被洪水淹没,庄稼颗粒无收。为了生存,村民们流落他乡,自谋生路。

有的人有手艺,有智慧,又勤快,做点其他事情还是可以赚到些钱的;有的人没本事,又懒惰,当然也就赚不到钱。

过年的时候,乡邻之间就苦乐不均了。

有一户姓王的人家，户主王勤很会做生意，人又勤快，不嫌脏不怕累，因此家境渐渐富裕起来。

住在王勤隔壁的李家男人李记，看见王勤家比较富裕，心里非常嫉妒。他跟妻子说："隔壁王家有那么多好吃的、好穿的，我想去偷些来。"

妻子一听，慌了神，忙语重心长地劝说丈夫："不可以呀！人家的东西是人家的，再说人家也是通过自己的劳动得来的。我们目前是有些困难，但这都是你自作自受，谁叫你懒不肯找活儿干呢？现在看别人富裕了就眼红。我看我们还是忍一忍吧！等到明年开春或午季时，你出去找点活儿，不就好了？咱就是去要饭，也得是正大光明的，远比做小偷强。"

可无论妻子怎么劝说，李记就是不听，心里总想着怎么把隔壁王家的东西偷到手。

王、李两家只隔着一面土基墙，李记看着这层土基墙心生一计。趁邻居家中无人之时，他用铁锹把那面墙铲了个圆圈。他想等哪天夜深人静之时，悄悄捅破这面薄壁，爬进王家，去偷些东西来享受。

若要人不知，除非己莫为。

谁知王勤是个精明透顶的人，他早已洞察隔壁李记有歹心，就对妻子说："隔壁李记既没本事又好吃懒做，看到我家日子过得好，早就想来偷东西了，我料他早晚会来。他要是敢来,我就让他有来无回。他铲墙壁的声音我早就听见了,这个地方我早就用水浸过。哪天这个洞口若有人出现,我就一刀下去,结果了他的性命。"

王勤的妻子是个善良的人,她一听丈夫这般说,大吃一惊,立刻劝说丈夫不能伤人性命,但是王勤也是个固执之人,仍然我行我素。

王勤的妻子想,要想避免悲剧发生,只有把真相告诉李记,劝他不要在夜间爬洞。

没想到李记也很固执,他偏要试探一下,看看王勤是不是有那么大的胆。偷点东西,竟敢杀人!

怎么试探呢?想来想去,他终于有了一个办法——不妨做个假人头,再戴上自己平日戴的帽子。他准备先用假人头去试探一下。如果被人发现,就算了,行动取消;如果没被人发现,那就穿洞而入,偷点东西。

心中有了计划后,李记就开始等待时机。在一个月黑风高的夜晚,万籁俱寂之时,李记认为时机到了,毅然决然地拿着早已做好的假人头,蹑手蹑脚地走到那面薄墙壁前,悄无声息地把假人头伸了过去。当假人头刚伸到王家屋里时,寂静的黑屋里马上传出一声惨烈的嚎叫……原来王勤早有准备。他手持菜刀,在洞口等候多时,当看到有黑影在洞口出现,便手起刀落,一刀砍了下去……

寂静夜里的这声惨叫，惊醒了全村所有人。人们纷纷寻声而来。

王勤听到一声惊叫后，也吓得倒退了几步。毕竟他也是个普通百姓，并非刽子手。再上前看时，他并未发现血迹，不禁心中疑惑。他掌灯前来看个究竟，发现原来倒在地上的是稻草扎成的假人头！他不禁长长地吁了一口气。

然而，李记见王勤一刀下去，大叫一声，忙缩回身子，一头栽倒在地。当他清醒时，发现此事已惊动了乡亲们。他感觉自己无脸见人，便提了简单的行李，悄然离家出走了。

第二天清晨，乡邻议论纷纷。有人说李记死了，羞愧得自杀了，也有人说他出逃了。

李记的妻子是个自信、坚强、自立的女人。事情发生之后，她并没有倒下，而是把墙壁上的洞补好，但故意留下了痕迹。她要让孩子们时时看着，让警钟长鸣，她要让孩子们靠自己的智慧和勤劳给自己挣回尊严，洗刷父亲给这个家带来的耻辱。

她带着两个不满10岁的儿子艰难度日。年成好的时候，她凭借自家那几亩薄田，也能有碗稀粥喝。遇到灾年，为了生存，她就带着两个孩子到城镇富户人家做女佣，两个孩子给人做童工，什么脏活儿累活儿他们都干过。虽然受过冻、挨过饿，但她心里仍怀着一个梦想，孩子大了总有出头之日。

村里有个木匠师傅，经常帮别人做木工活儿。李记的两个儿子没事的时候，就到木匠师傅家里玩，一边玩一边偷偷地学。

这两孩子在没有拜过师，没有专门学过艺的情况下，凭借自己的聪明才智，还真的把这门手艺学会了。真是令人难以置信。

光阴荏苒，岁月匆匆。一晃，李记出走也有20年了，他的两个儿子都已长大成人。

俗话说得好——穷人的孩子早当家。孩子们聪明能干又不怕吃苦，李记的妻子勤俭持家，日积月累，李家的家境日渐好转，手头也有了些闲钱。

又一年，李家准备盖房子。他们请了木匠、砖匠帮忙，屋场上的木料、砖瓦大一堆小一堆的，大家干得热火朝天。

这时，有一个出家人跌跌撞撞地走过来，要讨口水喝。李家人给他端来一杯热茶，这老和尚趁人不注意，用手蘸茶水在他们家准备的门板上写下这样几行字：

二十年前我去偷，菜刀砍下假人头；
儿孙自有儿孙福，莫把儿孙当马牛。

原来此人便是离家二十多年的李记。

当年,他的偷窃行为暴露后,他觉得自己无颜面对同村乡亲,更愧对妻儿,无奈之下,遁入空门,到远乡的一座庙里当了和尚。

近几年,他悄悄打听着家里的情况。当他知道两个儿子都很争气,家境也越来越好时,就放心了。

今天,更让他喜上加喜的是,他的儿子为人厚道,给他这个"陌生人"端来一碗热茶,这使他看到了这个家庭的希望,于是,他信手于门板上写下上面那几句话。

妻子当然知道眼前的男人是谁,等李记离开后,就让两个儿一路寻访,去庙里请父还俗,回家养老。

然而,李记却不肯还俗,只愿在庙中祈祷家人平安幸福。妻子也不便再勉强,说:"罢了,罢了,人各有志,不可强求。"

从此以后,他们便各过各的日子,互相祝愿幸福平安。

叁 故乡之人

父母爱情

我最近在看电视连续剧《父母爱情》，又在某公众号里看到一篇佳作，标题也叫《父母爱情》，因此不由地想起我的父母。

虽然我的父母结婚前并不认识，全凭父母之命、媒妁之言走到一起，但他们一生恩恩爱爱、相濡以沫，历经时代变迁的起起落落，感情却日久弥深。

关于他们生活中的一些陈年旧事，我至今仍记忆犹新。这里我将记忆里的父母恩爱之事记下来，以表达我对已去世多年的父母深深的思念！

（一）

父亲的父母（我的祖父母）是做裁缝的，在芜湖开裁缝店，长年不在家。父亲小的时候跟他的祖母（我的太祖母）住在桂家畈。因我的祖父母有着精湛的裁缝手艺，所以家里的经济状况比别人家略好些，父亲小时候还读过几年私塾。

后来因为战乱，祖父母在芜湖的裁缝店经营困难，为谋生长途跋涉去了湖南常德。然而在兵荒马乱的年代，老百姓的生命都难以保全，哪里还有钱做衣服，芜湖没有生意，常德照样没有生意。

祖父母赚不到钱，没有办法接济留在老家的父亲，父亲十几岁时只好辍学，在家开了个小私塾教几个学生，以便养活自己。后来祖父母过世了，父亲便孤身一人，所以结婚比较早，18岁时就结婚了。父亲的第一任妻子姓占，不幸的是，在生二胎的时候难产，孩子刚出生，母子俩就没了性命。

我的母亲是父亲的第二任妻子，当时叫填房。因为父亲已经有一个孩子，母亲嫁过去就得当妈。母亲是桐城城关镇余家湾一户李氏贫民的女儿，家庭情况在城里算中等，生活还过得去。母亲的父亲（我的外公）年轻时是织布的机匠，不过从我记事起就没看到过他织布了。

在我的记忆里，外公家的生活来源就是包学生伙食挣的钱。他家和桐城中学一墙之隔，学生到他家很方便，外公承包一班学生的伙食不成问题。家庭富裕不富裕倒无所谓，问题是母亲12岁时她的亲生母亲就去世了，之后我外公又娶了个妻子。继外婆视这两个女儿（我母亲和姨妈）为包袱，巴不得早一天把她们嫁出去。

我外公很听老婆的话，脾气又很暴躁，经常打骂这两个女儿。他们时常当着我母亲和姨妈的面说，总有一天要把这两个祸害送走。外公的一个熟人知道了这些情况，便牵线搭桥，为两家说媒。后来我听母亲说，相亲那天，外公指着母亲大声说道："把你养到18岁了，对得起你了，今天有人来给你说婆家，不管你愿不愿意你都得嫁过去！如果你不嫁就自找出路，我不会再养你了！"那时候女孩自找出路能干什么呢？母亲后来还经常说，那时相亲只要对方接受自己就行，哪还讲什么条件。

（二）

父亲娶母亲虽说是续弦，但也才28岁，放到现在头婚也不算晚。母亲比父亲小10岁，结婚时刚满18岁。他们是在春天时订下婚约的，当时父亲没有钱送彩礼，便说要等到下半年再成婚，实际就是拖延时间想办法筹钱。

说到这里还有个小故事。因为一个人在老家生活困难，父亲原本打算去常德和祖父母一起生活。那年入冬后，家族中有位老人仙逝，请父亲写挽联，哪知道父亲的挽联写出来后震惊了一帮读书人。

大家一致认为此联对仗工整，文采飞扬，夸赞父亲是个难得的人才，年轻有为，认为这样的人不能让他走掉，留下来对家族有好处，将来一定能为家族做些有益的事。要想把他留住，就得帮他尽快娶到老婆，于是村里几个有钱人开始捐款筹钱，果然筹到了一笔不小的数目。

对父亲来说，虽然是二婚，但婚礼还是得办得风风光光的，光给我外公家的彩礼就是40块大洋。我外公也感到不好意思，于是临时添了几样嫁妆。迎亲那天，抬轿的、敲锣打鼓的来了一大帮人。过去，从桐城到双港走小路得45里。迎亲队头天断黑就走，走到桐城时城门还没开，只好站在城门外等着，等到五更天城门开了才能进城。

母亲一直到上轿前都不情愿，不肯化妆，外公当众打母亲，继外婆生怕这门亲事黄了，也是又急又骂。母亲迫于无奈，才任人化妆，被带上花轿。父亲倒是欢欣鼓舞、神采奕奕地当新郎。父亲亲自布置的婚房韵味十足，还用他们俩的名字作了一副对联"桂花丹为五,李乃果中珍"(父亲的名字是桂丹五,母亲的名字是李果珍)。

(三)

母亲虽说在娘家时要时时看继外婆的脸色过日子,但在李家的大家族里,作为长姐,在兄弟姐妹中还是深受爱戴和拥护的。他们就像《红楼梦》中的宝玉、黛玉、宝钗、迎春、探春一样亲密无间,一起读书识字、做针线活儿,一起厮混打闹,弟弟妹妹都亲热地喊她"果姐姐"。

听说母亲嫁到双港的第二天,她的那些兄弟姐妹就把我外公围住,齐声说:"您把我们的果姐姐弄到哪里去了?还我们果姐姐!"几个小孩子真厉害,把我外公缠得没办法,另一方面他也觉得愧疚,翌日就带着他们步行赶到双港看望我母亲。几个小女孩脚都走得起了泡,但是见到我母亲——她们的果姐姐,便高兴得又蹦又跳,紧紧地抱着不放。我母亲又悲又喜,使劲儿搂住她们。姐妹们相互拥抱,激动的泪花在眼眶里打转。

试想,一个十几岁的女孩,生活在热热闹闹的大院里,整天有兄弟姐妹们围着,如今孤身一人来到几十里外的乡下,是如何的失落和无助啊!据说母亲嫁过来第二天便把自己关在屋里，怎么都不开门，还用衣服把窗户蒙住。有人来看新娘子，她也视而不见。那时生活窘迫，家里经常没米下锅，母亲就坐在家中挨饿，等着父亲到处去张罗吃的。父亲傍晚带回来粮食，母亲才能弄点吃的。母亲原来生活在县城，不管怎么说比乡下要好些，何况母亲那时才18岁，根本不知道乡下生活如此艰苦。

母亲从县城远嫁到乡下，举目无亲，对眼前这个陌生男人又想依靠又有点胆怯。父亲对眼前这个比他小10岁的女孩，就像对待自己的妹妹一样呵护疼爱，且十分尊重她，绝不勉强，怕她想家，还像哄小孩一样哄着她。母亲在家得不到父母的疼爱，如今丈夫对她温柔体贴、关怀备至，让她尝到了人间的温暖。久而久之，母亲渐渐感到离不开这个男人了，这大概就是所谓的先结婚后恋爱的婚姻模式吧！

（四）

父母新婚的那段岁月，正是中国人民饱受日本人铁蹄践踏的时期，社会混乱，民不聊生。老百姓为了躲避日本兵，拖家带口，背井离乡，待一切平定后再重新回到居住地，当时这种应对方式叫作"跑反"。父亲没有离开家乡，但为了生活也要冒着风险四处奔波。他自己辛苦无所谓，只是担心母亲在家担惊受怕。母亲的确胆小，但她心里更牵挂父亲的安危。

　　父亲走路习惯低着头。有一天他外出办事，正走着，猛一抬头，看见一队日本兵和伪军迎面而来，但已经来不及躲了，被日本兵用绳子绑了起来。他以为这次肯定没命了，非常害怕，但更焦虑的是，如果他死了，刚嫁过来的妻子今后的日子可怎么过呀！

　　吉人自有天相。父亲被日本兵交给一个伪军，走在队伍的最后面。经过一条河道时，那个伪军看见河道里有一个涵洞，便抽出大刀，用刀背在父亲身上砍了两下，又狠命一脚把父亲踹到了涵洞里，嘴里骂骂咧咧："就此了结他算了，免得麻烦老子！"

　　夜色笼罩着大地，天黑得像锅底，父亲摸着黑来到一户人家求救。这家的主人是位好心的老太太，她给父亲换了干净衣服，看父亲身上满是伤痕，便要留父亲在她家歇息一晚。但父亲因为怕母亲担心，不敢多停留，忍着伤痛和疲惫，连夜往家赶。

　　父亲回到家时，母亲正蹲在屋里昏暗的菜籽油灯下哭泣，见父亲回来了，一下扑到父亲怀里大哭起来。父亲想，幸亏赶回来了，否则母亲一个人在家，还不知道急成啥样，说不定还会干出些傻事呐！后来父亲回忆道,那次他的运气太好了,那个伪军应该是本乡本土的人,还有一点儿中国人的良心,救了他一命。

(五)

婚后,父亲仍然是个私塾先生。生活虽然平淡,但是他们恩爱有加。父亲除了给学生上课,其他时间都会帮母亲做家务。他知道,母亲是城里的女孩,对乡下生活很陌生,很多事情都需要帮助。另外,父亲也觉得不能辜负当初族人为他捐款娶亲的人情,应该多找些事做,尽自己所能回报父老乡亲。当时谋差事也是要参加考试的,于是父亲参加了县里的考试,谋得一个保长的职位,后来又经过考试,当上了乡长。

父亲任职的那个乡叫木崖乡,地域范围很大,相当于现在的双港镇和新渡镇。父亲当乡长期间为老百姓做了不少好事,公家钱公事用,从不谋私,对那些特困家庭多有照顾。在父亲管辖的地界,老百姓虽说穷,但日子过得安稳,没有受到什么骚扰或土匪、歹人的欺压,这在旧社会就是福了。乡亲们送父亲一个雅号——好先生。

由于父亲为官的首要宗旨是保护老百姓,免不了要违背上级的命令,后来便被免职了。父亲失业后,为了生活，找当时在太湖师范学校任校长的桂姓本家桂凝露帮忙，去太湖师范学校当了一名职员。后来又去安徽保安团当过军需。

即便父亲不在家乡就职了，百姓有事还是会找他。那年，本村一个青年被国民党组织点名充军，这家人得知这一消息，犹如晴天霹雳。

有人为他家出主意，说还是把好先生找回来吧，或许他有办法。于是他家派人连夜赶到太湖找我父亲。父亲得知这一消息，心急如焚，日夜兼程往回赶，一百多里山路，赶到家时脚上的皮肉已破，鲜血淋漓。父亲不管不顾，即刻找人帮忙、协调，已经被带到乡里的青年终于被放了出来。这位青年和他的家人感激得不知如何是好，泣不成声地说："这是好先生救了我家人的命啊！"

1949年中华人民共和国成立后，土改工作队进村，我家被划为地主家庭。照理说这样的家庭应该是专政的对象，但是我家并没有受到多么大的冲击。原因是多方面的：一是我家田产不多；二是父亲的口碑好，工作人员征求群众意见，群众一致反映他的确是位好先生，他当乡保长期间只为百姓做好事，从不欺压百姓，这样的人不应该受到惩罚。在干部与群众的保护下，父亲不但没有被当成地主对待，还当了小学教师，成为一名公职人员。

父亲能成为小学教师，是我们全家人的福气。父老乡亲对我父亲的宽容和保护，我一直铭记在心，终生感念！后来父亲一直在附近的几所小学教书，语文、数学都教。在工作岗位上，从青年到老年，直至1970年退休，父亲一直忠于教育事业，教学成绩优异，曾多次受到表彰。

（六）

父亲退休后便和母亲一起操持家务，帮我照顾孩子。我的三个孩子都是我父母一手带大的。可是母亲晚年时并没有享受太多清福。每每想起这事我就心里发痛，难以自已。

1973年春节刚过，母亲觉得身体不适，便去县医院看病，医生建议到省里的大医院检查。这可不是好兆头，父亲带着母亲直奔合肥。经检查，母亲的病被确诊为子宫癌晚期。现在子宫癌不算绝症，但是在20世纪70年代初，却是个令人绝望的病。当时信息不通，我们忙于工作并不知道这件事，只有父亲一人承受着一切。父母一生恩爱，母亲才50多岁就得了这种病，父亲怎么能承受得了啊！

刚得知这一消息时,父亲如五雷轰顶,心乱如麻,不知如何是好,但他毕竟是经过大风大浪的人,镇静下来后按部就班地帮母亲安排住院治疗。母亲住院期间一直由父亲照应,我爱人去看望过两次。我在家里除工作外还要照顾三个小孩,大的七岁,小的才刚满两岁。我虽心里记挂母亲,但眼前这种情况下根本脱不开身。父亲陪母亲在合肥住院三个月,我也在煎熬中度过了三个月。母亲出院后,父亲每天在床前服侍,无微不至。

为了给母亲治病,我们想尽了各种办法,到处访医寻药。有一次,父亲听说有个老中医的偏方对这种病有特效,便走了二十多里山路去找那个老中医。拿到药后,父亲急忙往回赶,因为心急,又习惯低头走路,结果在离家两里处摔了一跤,磕到鼻梁,血流满面。父亲原本患有高血压,当时是非常危险的,好在送到医院后没什么大碍。母亲为这事非常自责,觉得自己连累了父亲,也埋怨父亲怎么那么着急,这要摔出个好歹来可咋办呀!

尽管我们想尽了一切办法,母亲也只坚持了三年多。1976年下半年,母亲驾鹤西去,享年58岁。母亲走了,父亲悲痛欲绝,郁郁寡欢。晚上睡觉时,父亲不让关门,说你母亲还会回来。他常常和母亲在睡梦中对话,醒来后泪流满面,让人心疼。后来还是孙子们唤醒了他，使他从悲痛中走了出来。他爱他的孙子们，为孙子们讲课是他的享受，他的幸福快乐就是和孙子们在一起。但人生苦短，六年后，即1982年的春天，在我的大儿子文生考上南开大学的前夕，73岁的父亲带着未能看到孙子们上大学的遗憾，依依不舍地离开了我们。

父亲和母亲又走到了一起，正如父亲在母亲去世后给她写的一首诗里说的那样：

四十一年君伴我，落花时节我悲君。

黄泉路上能相见，何必人间久逗留。

我真诚地祝愿两位老人家依然在天堂相亲相爱，继续享受爱的甘霖。

往事并不如烟

老伴儿驾鹤西去已有一段时间了,然而在我心里,仿佛他还活着。也许是思念太深的缘故,我的耳畔时常响起他的声音,有两次我真的上楼去看他在不在楼上。然而,现实总归是现实,呈现在我眼前的是空荡冷清的房间。

这样的幻觉不知出现过多少次了。每出现一次,我都肝肠欲裂,痛不欲生。

房间中间的灵台上,摆放着老伴儿的遗像,照片中的他还是那么镇静安祥。他那双慧眼,仍是那么深情地望着我。我不禁浑身颤抖,泪流满面。

我和老伴儿风风雨雨、相依相伴走过了55个春秋。在人类历史发展的长河里,55年不过是一瞬间,但在普通人的生活中,却是那么漫长,那么让人回味。

我在整理老伴儿的遗物时，发现了他保留的搁置已久的一卷钓鱼线。看到这卷线，我不禁又痛苦万分，潸然泪下。老伴儿一生最大的爱好就是钓鱼，这卷鱼线自然就被他视如珍宝了。

老伴儿在世时，不仅喜欢钓鱼，也很会钓鱼。那时在桂家畈，老伴儿可是钓鱼第一人。同龄人都说："若论钓鱼最强的人，那一定是大林子老公（大林子是我的乳名）。"通常，老伴儿一钓鱼，就会引来一群老人与小孩的围观。小孩在好奇心的驱使下，跟在他后面，帮他拎鱼篓、捡鱼。

他认为，钓鱼前的第一项重要工作就是挖蚯蚓。他常说，蚯蚓有香蚯蚓、臭蚯蚓之分，鱼儿当然喜欢香蚯蚓。哪里才是香蚯蚓的潜伏地呢？这也是一门学问。钓鱼能手都知道，香蚯蚓一般都藏在洗碗水、洗米水、猪食缸水流过的泥土里。

老伴儿还热情地帮初学者找香蚯蚓，后来钓鱼的人多了，桂畈大塆里就很难再钓到鱼了。于是，他邀上渔友，带上干粮，长途跋涉，起早到大湖里去钓，一钓就是一整天，常常到傍晚才回来。看他背着沉甸甸的鱼篓开心得像个小孩，全家人也跟着高兴。他也常在高兴之余，绘声绘色地跟我们描述：一条鱼随竿而起、离开水面时的画面，比吃鱼还要让人享受！

老舍在《养花》那篇文章中写道:"有喜有忧,有笑有泪,有花有果,有香有色,既须劳动又长见识,这就是养花的乐趣。"养花如此,钓鱼也一样。

1983年,老家发大水后,我们举家搬迁到天城中学。那时,天城中学里有三口大塘,塘边垂柳拂动,绿树成荫,是人们纳凉的好地方,也是垂钓者会聚的场所。不用说,这里的每一刻都留有老伴儿的身影。

记得1985年暑假的一个下午,人们都聚集在塘边的树荫下乘凉,老伴儿却在另一个僻静之地坐下,手持钓竿,聚精会神地钓鱼。

钓鱼也是一种培养耐心的娱乐活动。首先,你要静守,小鱼来扰乱时千万不要理它,等大鱼把鱼饵料吞入肚中,浮在水面的浮子急剧下沉时,尽快提起鱼竿,鱼才有可能被钓上来。

那天下午,他先是钓到几条两三寸长的小鲫鱼,后来,浮在水面的浮子突然全部沉入水中,鱼线带动竿子,鱼竿猛然间像要从手中脱出。"乖乖,是条大鱼!"老伴儿拉不动了。正当他束手无策之时,一位正在旁边纳凉的青年教师赶紧跑过来帮忙。大鱼在他们两个人的拉动下,终于出水了。大家一看,果然是条活蹦乱跳的大鲤鱼。老伴儿欣喜若狂,用手紧紧地按住大鱼的头部。鱼尾巴打在他的脸上,他全然不知。此时在塘边纳凉的大人小孩都围拢过来称赞:"哎哟,快来看呀,彭老师钓了这么大一条鱼哟!"

由于鱼太大,老伴儿提不动,那位青年教师便用两臂抱着大鲤鱼,帮老伴儿将鱼送到了我家。鱼太大,我家的盆都装不下。那天,家在芜湖的表弟正好来我家做客,我也没有什么美食好招待他,就将这条鱼做成大餐,宴请远道而来的亲人。表弟赞不绝口:"我真有口福,居然能在这里吃到城里人都难得吃上的鱼,真的高兴啊!"老伴儿看到全家人都特别享受他的劳动成果,更是陶醉其中。这种幸福感只有他自己知道。

我们家搬到天城中学后,两个孩子先后考上了大学。每年暑假他们回家都会跟他们的父亲学钓鱼。据说他们跑得最远的地方是马窝槽,那里水塘面积大,水不深,鱼容易上钩。

老伴儿钓鱼前都会关注天气情况。如果天气好,风平浪静,就可以钓鱼;倘若天气闷热无风,更是钓鱼的最佳时机。如果确定第二天要去钓鱼,那么头天下午老伴儿就会做好一切准备工作,第二天一大早就带着两个儿子出发。他们父子每次出门,或多或少都能带回点"战利品",暑假里我们就不用花钱买鱼了。那时没有冰箱,我就会把吃不完的鲜鱼用柴火烘干,做成鱼干,这样可以储存好久。

大热天的，父子三人天天"远征"钓鱼，晒得黑不溜秋，真是让人哭笑不得。后来有一次，管鱼塘的人热情地留他们父子吃午饭，临走时还送了很多鱼。后来老伴儿才知道，原来是自己的学生在管理这片水域。为了避嫌，父子三人便再也不去那里钓鱼了。

老伴儿外出钓鱼时，总是兴高采烈出发，满载而归，一家人其乐融融。可久而久之，也会有一些不愉快的事情发生。

2000年，我小儿子的女儿杨杨刚满两岁，大多数时间由我们照看。一天下午，老伴儿又钓鱼去了，到晚上六点还没回家。不巧杨杨感冒发烧了，得立刻去医院。当时她父母都不在家，杨杨又不让保姆抱，我只好独自带她去医院。那时没有车，从家里到医院还有很长一段路程。我已年近六十，身体又不太好，抱着又哭又闹的孩子走那么远，真是累得够呛！等我从医院回来，老伴儿才到家。

我一看家里冰锅冷灶的，自己又累得要命，气得泣不成声地说："你一天到晚就知道钓鱼，回家就知道吃饭！哪来的饭？杨杨发烧你也不管！这日子还过不过了？"老伴儿平日里脾气不好，加上那天又没钓到鱼，格外火大，就大声吼道："以后再也不钓鱼了！"并重重地将鱼篓扔在地上用脚踩。我抱着杨杨大哭起来，杨杨也跟着我哭，老伴儿这时却坐在他的房间里一动不动。那天晚上我们谁也没有吃饭，在吵闹痛哭中度过了一晚。

如今，老伴儿已别我而去。往事里有心酸与痛苦，也有幸福与快乐。但不管是苦是乐，往事并不如烟，它们都已深深地留在我的脑海里……

瑞儿妹妹

我早就想写一篇文章以纪念我那去世多年的妹妹，不仅是为了缅怀她，也是为了纪念那段令人揪心又难以忘怀的岁月。

妹妹瑞儿小我两岁，读书时也恰好低我两届。但我们的身高相差无几，所以小时候穿的衣帽鞋袜都是一样的，一道上学，一道下地拾棉花、拔禾苗间的杂草。两个囡囡形影不离，村里人谁都羡慕。我俩从七八岁开始就睡同一张床，谁白天得了什么好吃的都舍不得独自吃完，要留到晚上躺在床上跟另一个人分享，"二人世界"的感觉真好！

当然，我俩也经常拌嘴。大人们都说，挨肩的孩子哪有不拌嘴的。不过我俩拌嘴，一会儿就会和好如初，从不记仇。记得在瑞儿七八岁时，有一天母亲喊她回家洗脸，瑞儿不愿意回家，撒腿就跑，我把她抓住并拽回家交给了母亲，母亲打了她。事后她便找我算账，我们就打了起来。她边打边哭边骂我，但回家后还是喊我姐姐。她说，不喊姐叫名字叫不出口呀！

1957年，我考上了初中，在天城中学读书。瑞儿本应于1959年小学毕业，但1958年时国家发展轻工业，各地都在办工厂，离我们家最近的城市安庆也办起了纺织厂、针织厂。那时候很多学生小学毕业就不想上学了（小学毕业大都十五六岁），加之小学升初中升学率也低，成绩不是特别优秀是很难考上的，所以大家都想进厂工作，自己挣钱养活自己，也减轻家里的负担。

瑞儿也是这样想的，她和一帮同学跑去安庆进了针织厂。那时，家长们处于紧张的劳作中，天天担心自己能不能完成任务，无暇顾及子女的前途，也就由她去了。

哪知进了针织厂，瑞儿才知道工作的艰辛！机器一开动，声音震耳欲聋，棉絮、灰尘弥漫了整个空间，两个人面对面站着几乎都看不清是谁。晚上，几百人睡在一个大厅里，名曰"工人之家"，上下两层的高低床一个挨一个，一人一个床位。由于装衣服的箱子都放在床头，大家只能蜷着身子睡觉，想舒舒服服地躺直都成了奢望。瑞儿也曾有过返家的念头，但是回来干什么呢？

上学的机会已经失去了,她只能在那里苦熬着。

瑞儿还是很有进取心的,工作起来也很努力,1959年被评为先进工作者,1960年春加入了共青团。正当瑞儿散发青春的火焰之时,一次因身体不适到医院检查,结果查出得了肺结核。

真是应了"天有不测风云,人有旦夕祸福"这句古话。这个消息对我们全家以及她本人来说,可谓晴天霹雳。现如今肺结核算不上什么大病,是可以治愈的,但在当时的医疗条件下,基本上就是无法医治的绝症了。那时候人们连肚子都填不饱,拿什么来治病啊?就只能听天由命了。

瑞儿是1960年春天回家的。刚回来时,村里人都不信瑞儿生病了,大家都说她这么年轻的人不可能患严重的病。他们哪里知道这病根潜藏在身体里,是慢慢要人命的。我那时正处在初三最后两个月冲刺阶段,家里人怕我学习受影响,就没把这事告诉我。中考结束,我才知道瑞儿是因病回家的。当时我也对这个病没什么概念,心想让瑞儿在家休息一段时间再说吧!

暑假期间我一直在生产队参加劳动。8月中旬,我接到贵池师范的录取通知书,9月初就到贵池上学去了。万万没想到,等我寒假从贵池回来,瑞儿整个人都变了样,消瘦了许多,真是名副其实的病号了。我心里不禁惶恐起来。

1961年，全中国物资紧张，粮食短缺，饿肚子是普遍现象，我的家庭更是雪上加霜。瑞儿回来后工资微薄，父亲的工资也低，加之瑞儿需要治疗，各项开支都比别人家多。

我读师范虽是公费，但是也还要用钱买学习用品和日用品。当时家里实在拿不出钱供我读书，我只好辍学。回家后，我经别人介绍到附近一所小学做了代课老师，虽然工资也很低，但毕竟节省了家里的开支，还可以补贴家用。我所在的小学地处偏僻的丘陵地带，学校有些自留地，我们几个老师便种了山芋、红豆、芝麻之类的作物，收获时各自分一些。

学校给老师发点什么好吃的，我总是带回家给瑞儿吃。记得有一次校长从菜籽湖办事回来带回一条大鱼——他也是看我们几个老师久不沾荤，特意带给我们的——晚上煮了给大家解馋。我想着瑞儿更需要营养，更需要解馋，于是鼓起勇气，不好意思地提出要把我那份送回家给瑞儿吃。老师们都很理解，同意我这样做，还夸我们姊妹感情好。

那天晚上我突然出现在瑞儿面前，并给她带回一碗香喷喷的鱼，她甭提有多高兴了，久违的笑意浮现在她那病恹恹的面颊上。

那年八月节，不知父亲从哪里弄来一只兔子，说要宰了过节吃，可瑞儿伤心地说："我不想吃兔肉，我要吃猪肉！"幸好我们学校养了一头猪，到八月节前刚杀了，每个老师可以分到几斤肉。八月节当天，母亲做了馇肉（粉蒸肉）。瑞儿最爱吃馇肉，可算是如愿以偿了。

疾病无情。那年八月节过后，瑞儿的病越发严重，她再也不想吃什么东西，不久便撒手人寰，离开了人世。19岁正是含苞待放的年纪，却突然凋谢，这是何等的残酷，怎不令人痛彻心扉！我父母心中的悲伤可想而知，但是逝者已逝，生者还要活下去。

父母真是一对患难夫妻，他们互相扶持着，挨着日子过。我呢，除了悲伤，还得安慰父母，日子何其艰难！我晚上一睡着就会想起瑞儿，醒来时泪水已浸湿枕头。

这种情况下，我更不可能回贵池师范学校复学了，一来经济条件不允许，二来对刚刚痛失爱女的父母，特别是母亲，整天以泪洗面，我怎能扔下他们不管呢？于是我打消了复学的念头，专心在家陪母亲。从此，我失去了唯一的妹妹，也失去了读书的机会。失去读书机会我还可以自学，但是失去我的瑞儿妹妹，何处可寻？

瑞儿从小就长得漂亮，十四五岁时就出落得如出水芙蓉，亭亭玉立。她不但人长得好看，而且聪明伶俐、彬彬有礼，村里的长辈、亲戚、朋友，学校的老师、同学，厂里的领导、同事，无人不夸她。这样一个品貌双全、乖巧懂事的花季少女就这样走了。老天啊，你为什么如此不公？难道真的是天妒红颜吗？

瑞儿离开我已经几十年了，如果她还活着，也到了儿孙满堂、享受天伦之乐的年纪了。可惜她英年早逝，给亲人留下的只有无尽的思念！现在我的眼前还会常常浮现她蹦蹦跳跳、可爱天真的样子，似乎她就在我的身边。我们俩抵足而眠，有说不完的悄悄话和小秘密。"君埋泉下泥销骨，我寄人间雪满头。"如今的我也到了"雪满头"的年纪。每年过年前，我都会带着孩子们回双港给我的父母上坟，也会去大横山瑞儿的坟前烧纸，以寄托我对苦命妹妹的思念。愿她在天堂安好！

传奇姑妈

记忆回到 2002 年的冬天。

一天晚上，我梦见了下雪，醒来后觉得好冷，冷到骨子里，浑身像霜打的茄子似的没劲儿。

那天虽然没下雪，但天气阴沉，异常压抑。中午，小三子（我的三儿子）下班回家告诉我一个不幸的消息：他的大姑奶去世了。

因我早已知道姑妈得了绝症，但真的听到她去世的消息，心中还是不禁一阵酸楚，眼泪模糊了我的双眼。

三个月前，我就获悉姑妈得了重病。我曾在小三子的陪同下，去常德看望姑妈。我们见面时，姑妈已经不能独立行走了。她老人家面容憔悴，脸色蜡黄，干枯的身躯无力地坐在轮椅上。见到我们时，老人激动的心情难以言表，只是无声哭泣。我的眼泪也不由自主地滚落下来，情不自禁地喊了声"大姑"，而后我们就紧紧地拥抱在了一起。

虽说她是我的姑妈，但我们见面也不过三次。这要从我的家史说起。

我的祖父母早年在芜湖做裁缝。我父亲是家里的长子，从小跟祖奶奶住在老家桂家畈。父亲十几岁就结了婚，有了自己的小家庭。而祖父母在芜湖的裁缝店工作，随着日寇侵华，国家经济衰落，裁缝店也渐渐地没有了生意。为了生存，祖父携妻带子去了湖南常德，后来就在那里安家，姑妈也就随祖父母去了常德。

祖父母去世后，我们与姑妈有很长一段时间断了联系。中华人民共和国成立后，我父亲想念亲人，就写信到常德公安局，请求他们帮忙寻找亲人。在常德公安局的帮助下，我们终于找到了姑妈，彼此间有了书信来往。但也仅限于此，没有走动过。那时人们都很穷，吃饭问题都没有解决，哪里有钱长途旅行呐！

20世纪70年代中期，我母亲去世前，姑妈回来过一次；80年代初，我父亲去世前，姑妈回来过一次，与父亲告别；如今，姑妈自己病了，我们去看望她，所以这是第三次见面。

我们彼此心情都很激动，但纵有千言万语也不知从何说起，只能相互依偎。姑妈支撑着病躯，喃喃地向我们倾诉她的人生经历——其实关于我姑妈的部分人生经历，之前我父亲偶尔说起过，但都只是片段，这次听她本人说起，整个人生经历也就完整了。

祖父母带着姑妈初到常德时，处境非常艰难。芜湖没有生意，常德照样没有生意。当时他们一家三口，身处异乡，吃饭都成问题，更谈不上供孩子上学读书了，所以姑妈只读了两年私塾，文化程度不高，只能算是摘掉了文盲帽子吧。

由于祖父母身边没有男孩子，姑妈从小就被当男孩子一样放养。说也奇怪，她很小的时候就喜爱武术，太极拳打得非常好，据说姑妈年轻时一个人能打倒好几个小伙子。

到了十五六岁，姑妈突然萌生了吃素的想法，每月的初一、十五，她都要去庙里拜佛，且早晚烧香念经。

祖父母当然心痛，但姑妈决心已下，只能由她去了。姑妈不仅吃斋念佛，也不谈婚论嫁。眼看着别人家的女儿出嫁生子，自己的女儿却整天面对佛像，沉迷于佛学中，祖父母的心就像在滴血，却毫无办法……

这种日子一晃就是两年。两年后，日本侵华战争越打越紧，日本兵每到一处都烧杀淫掠，无恶不作，手无寸铁的中国百姓只能任其宰割。

一天，常德城被日本兵包围了。他们四处追杀抗日分子，残杀老百姓。街头巷尾，尸积如山，血流成河。祖父母和姑妈躲在地窖里，成了那场劫难的幸存者。当他们走出地窖时，一个浑身沾满鲜血的青年战士拄着拐杖趔趔趄趄地走过来，姑妈立刻上前搀扶他。当时两人都很激动，含情脉脉地望着对方，深情地说道："活着就好。"

后来祖父母才知道，这位青年姓陈，名树生，是抗日分子、共产党员，如今在这场惨绝人寰的大屠杀中受伤了，没被杀害已是万幸。姑妈想把他留在家中养伤。祖父母本是善良之人，更何况陈树生也是为了杀日本人才受伤的，他们当然同意女儿的决定。就这样，陈树生在姑妈的精心护理下，不到两个月就养好了伤，身体也慢慢恢复了元气。

一天早晨，祖父母发现陈树生和姑妈都不见了，房间里留下一封信，信上说他们走了，去延安做他们想做的事去了。原来姑妈吃斋念佛为的是逃避祖父母给她找婆家，她心中早有了意中人，这个人就是陈树生。陈树生是八路军的一名排长，他肩负着领导地方抗日游击队，与敌人开展游击战的重任。在常德，他认识了爱习武的姑妈，两人一见钟情。后来在陈树生的帮助下，姑妈也秘密加入了抗日游击队。

两个热血青年怀着赶走侵略者、强我中华、让老百姓过好日子的决心，双双去了延安，投奔了革命组织。他们互相爱慕，有着共同的信仰，不久，便结成了革命伴侣。到延安后，经陈树生介绍，姑妈也加入了中国共产党，投身到如火如荼的抗日战争中。陈树生带领战士杀鬼子，姑妈被安排到炊事班，负责战士们的饮食。

一开始，姑妈不愿意进炊事班，她也想上战场杀敌。但她的领导，也是她的爱人陈树生对她说，在炊事班帮忙也是革命工作，让战士们吃饱、吃好也是为了杀敌，姑妈才勉强同意。

这对革命伴侣，打起仗来真是舍命，做起事来也真是忘我。他们机智过人，根本没有他们完不成的任务。与此同时，他们的爱情也逐渐升温。他们爱得痴迷，爱得刻骨铭心。虽然那时环境艰苦，不能像现代人这样在花丛里悠闲漫步，却可以在土坯窑洞前、清风明月下敞开心扉。在共同的革命事业中，他们夫妻之间的感情日益加深，坚如磐石。

然而，投身革命就要有为国捐躯的思想准备，流血甚至牺牲随时都会发生。在一次对敌战斗中，陈树生带领一排战士接连打了几次胜仗，但在最后一次战斗中中了敌人的埋伏，陈树生受伤被俘。敌人对陈树生使用了种种卑劣的手段，先是伪装和善地劝降，遭到拒绝之后又对其酷刑相加。但是无论敌人怎么严刑拷打，也没能动摇陈树生对党、对祖国、对人民的忠诚，对坚守信仰的决心。最后，他视死如归，英勇就义。

在那场战斗中，姑妈给战友们送饭送水时遭到敌人的袭击，也被俘了。敌人把姑妈关在一间屋子里，捆在一把椅子上进行劝降，这是敌人惯用的伎俩。姑妈趁看守人不在之时一头撞翻敌人送来的一碗水，碗碎了一地，她捡起碎碗片慢慢割断绳索，并凭着一身武艺打倒两名敌兵，夺过他们手中的枪，逃出了敌人的魔掌。

陈树生牺牲后，姑妈悲痛万分，但是信仰的力量高于一切。逝者已矣，生者还要活着，还要继续战斗下去。她知道作为一名共产党员的历史使命，她要替陈树生好好地活下去，完成陈树生以及千千万万为革命献出宝贵生命的先烈们未完成的任务。

此后姑妈继续在炊事班工作。她勤于职守，对战友的关心无微不至，与大家亲如家人。在一次敌机轰炸中，她正在往前线送饭，发现一名战士倒在血泊中呻吟，于是立马将那战士往肩上一扛，送去医院。诸如此类的事情，姑妈不知做过多少次。

后来，日本投降了，中国革命有了新的任务——打倒腐朽的国民党反动派，解放全中国。姑妈跟随大部队转战南北，她一边做炊事班的工作，一边参与抢救伤员。她所在部队的同志们，都夸她是个铁姑娘。战友们开玩笑地说:"日本鬼子怕我们的铁姑娘,国民党匪军也怕。你来呀!你来碰碰我们铁姑娘的铁拳头,小命就没有啦!"

中华人民共和国成立后,姑妈要求转业。经上级批准后,姑妈回到常德,在一家国营大饭店当厨师,又干上了她的老本行。干一行爱一行的姑妈,对自己的手艺要求很高,因而受到同行的尊敬和食客们的称赞。

湖南是毛主席的故乡,一些来湖南参观毛主席故居的游客都喜欢来姑妈所在的饭店就餐,因为姑妈做的菜实在是太好吃了。

姑妈转业后,跟一位同行张师傅结了婚。他们感情很好,可就是没有孩子。后来去医院检查,才知道姑妈在一次战斗中子宫受损,不能生育了。再后来,他们把姑父的侄子过继来做儿子。姑妈视侄子如己出,侄儿、侄媳对他俩也很孝顺。姑妈去世时,姑父已经去世十几年了。这十几年里,姑妈一直生活在侄子身边,直到去世,也算是有福之人了。

姑妈过世已经十几年了,但我还会时常想起她。虽然我们在一起生活的时间很短,但血浓于水的亲情使我们彼此心灵相通。衷心地祝愿她老人家在天堂幸福。

英子小娘

英子出生于一个贫农家庭。1961年,她嫁给我小叔后,便成了我的小娘。

英子小娘没上过一天学,没读过书,不识字,但她身上有着中国人几千年来的传统美德。

(一)

19世纪六七十年代,农民最辛苦的时光是每年夏秋两季的"双抢"。

为夺农时,生产队实行包工制,你承包多少任务,就给你多少工分。平日里,英子小娘做的任务总是比别人多,什么脏活儿、重活儿、累活儿,她总是抢着干,但所得的工分却和别人一样,因此她总是被评为"五好社员"。

生产队里有位叫阿芳的女社员。由于她年纪大，生性懦弱，身体又差，做事慢，效率低，包工包活儿的时候没有人愿意带她，她常常显得很难堪。但那时，不上工是不行的，生产队的社员们都得靠挣工分吃饭。若她不上工，她一家老小吃什么呢？

英子小娘不忍心看着阿芳家总是陷入困境，就主动找阿芳，表示愿意和她一起包活儿干。由于英子小娘的好心，阿芳慢慢地走出了困境，切切实实地感受到了人间温暖。

（二）

那个年代，家家户户都很穷，英子小娘家也不例外。她上有老下有小，有什么好吃的东西从来轮不到她。对婆婆来说，她是个好媳妇；对丈夫来说，她是个好老婆；对孩子来说，她是个好妈妈；对我来说，她就是我的精神支柱和生命中最值得依靠的港湾。

我父母去世后，我的孩子们还小，我爱人身体又不好，我便成为家中唯一的劳动力。英子小娘常来我家看看，遇到我需要帮忙的地方，她便立刻为我排忧解难。那时我们家经济困难，买不起鞋。我除了上课，还要忙于田间地头劳作，我家大人小孩的鞋都是英子小娘做的。1982年，我父亲重病期间，英子小娘天天来我家，帮助我们侍奉父亲。我大儿子上大学时，英子小娘帮我把他的衣帽鞋袜全部整理好，为他打点好行装，比我还要细心体贴。

还有一件事，让我刻骨铭心，终生难忘。

那年夏季，我放学刚到家，就匆忙去割麦子了。为了尽快完成任务，天黑了也全然不知。忽然，昏暗中有个黑影在动，我顿时毛骨悚然，不知所措。等那黑影慢慢走近，我才看清是英子小娘。她推了我一把，说："你这鬼耶，不要命啊！"我才如梦方醒。

原来英子小娘傍晚路过我家时发现我不在家，就料想我是去割麦子了。于是，她二话没说，就从田地的另一头割了起来。她惶恐地说："都说地里有老虎，老虎来了你还有命吗？"

（三）

英子小娘虽年轻，但辈分很高，可她从来不以长辈自居，总是默默地关心着别人，尽力帮助别人。由于她品行好，村里人都很尊敬她。桂家畈是个大村庄，谁家要是遇到什么困难，或家里缺什么，只要她有，她都会解囊相助。

有一年，村里有户人家，夫妻俩都五十多岁了。他们唯一的儿子在外做生意，不幸遇车祸身亡，父母悲痛欲绝。英子小娘的同情之心油然而生。她整天陪伴着这夫妻俩，帮助他们料理家务，尽其所能缓解他们的痛苦。

这一家人还沉浸在伤痛之中，又有另一家80多岁的老奶奶驾鹤西去，英子小娘又赶去帮助料理丧事。

到了腊月二十七这天，村里有户人家要帮全村人做豆腐，英子小娘不顾自身有病又跑去帮忙磨豆。

英子小娘就是这样苦苦地支撑着，把爱心传到每家每户，直到自己生命的最后一刻。

（四）

桂家畈过年，家家户户都要炸圆子。当地人炸圆子主要用两种原料：山薯粉和爆米花。

20世纪七八十年代，桂家畈有一位名叫日照的农民，家里有个爆米罐。每年腊月，他都会出门做爆米生意。为了多挣几个钱，他总是走村串户地忙碌着。他先帮其他村的村民做好，而后才回本村做，毕竟本村更方便些，即便年根儿了也来得及。

但这样做就会影响到本村村民的日程安排。本村的村民开始有意见了，特别是一些家庭主妇，有的人还当面指责日照这种"厚彼薄己"的做法。村里没你还好，有了你，别的爆米的人也不进村了。每年搞到腊月二十九才回村爆米，大年三十大家才能轮得上，年都过不好，真是害人。

日照自知理亏，觉得很对不起本村人，就不与大家争执，任人数落。英子小娘却很体谅他的难处——母亲多病，孩子多，用钱的地方多——于是，英子小娘就说，她家的米最后爆，大年三十晚上也行。

可谁知，就在她说这话的那年（1989年），她却没能吃上自己家的油炸圆子……

（五）

记得那年腊月二十八的上午，我们一家人刚吃过早饭，我的一位堂兄就来到我家。我以为他是来我家串门的，哪知道他却带来一个大噩耗——英子小娘因心脏病于腊月二十八的凌晨突然撒手人寰了！我一听到这个噩耗，只觉得天旋地转。

太突然了！前两天，我们还带着孩子去她家吃饭。那时她还好好的，她还特意煮了两只舍不得给家人吃的鸡腿，喂给她的两个孙子，即我的两个儿子。怎么就突然去世了呢？我们全家不禁陷入深深的哀痛之中。

我跟随堂兄来到英子小娘家，目睹英子小娘安详平和地躺在床上，亲人们哭成一团。她的孩子们悲伤地唤着亲娘，我如同万箭穿心，悲痛欲绝，一头扑在英子小娘身上，泪如泉涌。

光阴荏苒，一晃，三四十年过去了。进入古稀之年的我，过年时不禁又想起了我那善良而又苦命的英子小娘，心中不由一阵酸楚，情不自禁地拿起笔记下了这些陈年旧事，以寄托我对英子小娘的思念和感激之情。

木匠小叔

某网络平台上曾刊登过一篇有关桐城木匠的文章，我看后觉得很亲切，并写了留言。我有位叔父也是木匠，因他的关系，我对木匠活儿也略知一二。看到这篇文章，我的创作欲望也来了，于是拿起笔写下了这篇小文，以记录我对桐城木匠的点滴回忆，抒发对叔父的怀念之情。

据说叔父的木匠手艺是跟我们家一位亲戚学的，但没学多长时间，就因战争而终止了。在那兵荒马乱的岁月里，各人只能顾各人的生活，师傅留不住徒弟，大家只能散伙。

20世纪50年代后，叔父家分得田地，母子三人（我的小祖母和两位叔父）靠田地自给自足，木匠手艺就无用武之地了。

再后来，人民的生活水平日益提高，有些家庭开始做新家具，有些破旧家具也需要经过修理才能使用。这样一来，小叔的木匠手艺就派上了用场。叔父从小聪明，记忆力好，虽然投师时间不长且手艺荒废的日子已久，但师傅传授的技术就像印在了他的脑子里，做起木匠活儿来得心应手。

在我的记忆中，叔父给别人做木匠活儿有两种方式：一是上门给人做，记日工；一是在自己家中做零活儿，修理旧家具。叔父在家中做木匠活儿时，总是先在家门前的空地上摆上一条很长的大板凳。这板凳是用特别坚固的木料做成的，不容易砍坏，名曰"砍凳"。砍凳的一头嵌入一把很大的铁铗定位器，把要制作的材料放在砍凳上，一头顶着定位器使其固定于一个位置，这样木匠师傅就可以进行一系列操作了。

如果所用的木材需要裁切，就得先用锯子锯开。拉锯时无数雪白的木屑纷纷扬扬，宛如天女散花。冬季时，人们常常用木屑烧火取暖。拉锯时一般需要两个人来操作，力气大的一人（一般是男劳力）在上面拉，力气小的一人（一般是妇女或孩子）在下面拽。一拉一拽，需要有默契才行。

小叔在家做木匠活儿时，搭手的人一般是我婶婶。俗话说"跟秀才的做娘子，跟编草鞋的捶芒子（芒子：

编草鞋的材料）"，那么，跟木匠的就得拉锯啰！木料锯好后还得用斧头砍。做木匠活儿真要身体好啊！小叔一斧头砍下去，木料被劈开，他的身子也随之一震，可以想象他用了多大力气。但是他并未在意，还不断地哼着小曲呢！砍凳虽然结实，但是长年累月，也被砍得坑坑洼洼，留下的斧口印如同老树皮一般。

用刨子刨木料的时候，要把木料抵住定位器。人俯下身，半弯腰，两只臂膀来回推刨子，幅度非常大，几乎达到了手臂挥动的最大限度。另外，如果需要在木料上划线，就需要用到墨斗。所谓墨斗，就是一个装有黑色染料和线的小盒子。盘在墨斗中的线被抽出时染上了染料，变成了黑线，便叫做墨线。木匠师傅将墨线钉在一头，牵住墨线另一头，在木料上按需要弹几下，木板上就有了墨线的痕迹，然后就可以按照痕迹进行加工了。

人常说"木秀才"，这句话说得还真是有几分道理。的确，做木匠活儿的人是要有点聪明劲儿的，要有能考秀才的才华才行。我小叔脑袋瓜灵，记忆力强。记得有段时间，提倡唱革命歌曲，有文化的人看着歌词学还没学会，他不识字，只要听一遍就学会了。所以凭着他的聪明劲儿和超常的记忆力，他的木匠活儿做得比一般人好是在情理之中的。

有一项木匠活儿是一般人感到棘手，不容易做到的，那就是做圆木，如箍水桶、提量子。小叔比我大10岁，他二十几岁做木匠时，我在读初中，每次回家都要先看看小叔是不是在做木匠活儿，有时看他那聚精会神的样子，觉得很有趣。

小叔画圆不用圆规，其实用圆规画圆是有科学根据的，虽然他不用圆规，但做出来的圆形木器一样很得体。过去大米、稻、麦不用秤称，而是用斛、斗量，斛、斗是椭圆形的。制作椭圆形的器具就更难了，但是在小叔那里都不在话下。

我想制作这些器具是要懂点几何知识的，要运用圆周率，可是他没有上过学，哪里懂什么圆周率，但却能造出符合科学原理的器具，真是高手在民间呀！

记得我刚刚开始学几何时，买了个圆规，看到小叔正在画圆，就拿出圆规递给他说："小爷，用这个吧。"他一副不屑一顾的样子，看都不看我一眼，自信满满地说："你那玩意儿不是我用的。什么玩意儿都不用，我也能把东西做好！"

60年代初，桐城的毛笔和墨子销路很好。有段时间小叔就在家做墨子板。据说做墨子板是个绝活儿，不是一般木匠能做得了的。把水倒进做好的板盒里后，水面要正好和板沿一线平，一点儿不外溢，才能做出墨子来。如此严要求,像小叔这样能做出来的人没几个。当时做墨子板是很赚钱的,按现在的说法就是高附加值。有人在背地里说,这钱也只有他能挣啊!

到了20世纪50年代末,一切都集体化了,所有人都在生产队上工,吃食堂,当然小叔也不能做木匠了。接着就是三年自然灾害,没有能耐的人就困在家中挨饿,可小叔不是,他的性格中有一种天不怕地不怕的叛逆,他悄悄跑去铜官山做木匠了。

在铜官山做木匠比在农业社要好得多,起码工人供应粮多一些,肚子吃得饱一些。小叔经常把省下来的粮票寄给小祖母和婶婶,因为那时农村食堂经常断炊,饿肚子是常有的事,这些寄回家的粮票可是帮了大忙。

小叔在铜官山待了两年,木匠手艺在原来的基础上又得到了提高。同时,他从农村走进城市,看到繁华闹市里与农村不一样的景象,也增长了见识。可是社会千变万化,1962年,大批工人乃至干部被下放。小叔作为一个外来工,更是待不下去,只好回家了。

到了70年代中后期,国家政策有所放松,准许手工业自由经营了。小叔当然待不住,加上他原来就有在城市做木工的基础,就又带上徒弟到外面闯荡了。那时,他的活动范围主要在武汉。在外面做工的人,不挤社员工分，又能增加年底的分红，对个人和生产队都有好处，这样一来，小叔又可以正大光明地做木匠了。

高智商的人有自己的专长，又勤奋又不怕吃苦，在和平年代自然要比别人宽裕些，在艰难岁月也能更好地渡过难关，这是上天的赋予和自己努力的结果。小叔凭着自己的手艺和勤劳，一生过得潇洒坦然。后来，他把手艺传给了儿子，让儿子继承他的事业。后来，他的儿子（我的堂弟）也有所发展，先做木匠，后又以此为基础改行经营其他行业，事业做得红红火火。

小叔一生有六个子女，还要服侍老母亲，家里人口最多时有九口人，即便生活负担这么重，可小叔家在生产队里仍算是富裕户。如果不是靠着小叔的聪明才智和艰苦奋斗的精神，怎么可能保障得了全家人的生活呢？

小叔不但聪明、勤劳、勇敢，而且胸怀坦荡，为人善良。我父母去世后，是我的两位叔叔给了我亲情，使我备感温暖。在我父母生病期间，在我照顾不过来孩子时，他们如同家人一样帮助我，使我终生难忘。

令我感到欣慰的是，我的孩子参加工作并小有成就后，逢年过节回家，都会给他们拜年，奉上拜年礼。虽然礼钱微薄，但表达了孩子们对长辈的崇敬之情。孩子们这样做，不仅是孝敬他们的祖辈，也弥补了我对长辈的亏欠，使我的内心得到慰藉。

如今，小叔过世已经十多年了，但他当年做木工活儿的场景，在砍凳前拉锯、推刨、拉墨线的身影，还常常在我的脑海中浮现。

零落的故交

长江后浪推前浪，世上新人催旧人。秋去冬来，有多少鲜活的生命在我们面前消失。这虽是自然规律，但面对亲人的离别，怎能不令人肝肠寸断？就在老伴儿去世三个星期后，我最崇敬的师兄、族侄木子也撒手人寰了。

逝者悄悄去，生者情切切。木子的离去虽没有我老伴儿去世那样让我撕心裂肺，但也让我的心灵久久不能平静。岁月的波涛把我带回了梦幻般的童年。

1950年，我的父亲从外地回到老家，为了养家糊口，就在家里开了一个小小的门馆，从事他年轻时的工作——教书育人。他用一间较大的堂屋做教室，教的是复班学生。高年级只有三个学生，是两个桂氏本家和本家的一个亲戚，均是十七八岁的大男孩；低年级的学生是桂家畈几个八九岁的孩童。

两个班的学生由于层次不同，用的是不同的课本。三个大点儿的孩子学的是花馨纸线装的竖写课本，文字都没有标点符号。父亲给他们上课，边读边用蘸满土红的毛笔在句子后面画圆圈断句。现在想起来，断句是很难的，非常考验一个人的文学功底。

当时，我们几个小孩子非常羡慕他们三个大孩子。每次父亲给他们上课，我们都用好奇、羡慕、佩服的目光看着他们。父亲给他们讲的全是文言文，教学时总是抑扬顿挫地唱读加上绘声绘色地讲解，古文中丰富的感情常常飘洒在父亲的面颊上，也使学生们的情感融入其中。每上过一篇课文，学生们都要自己阅读很长一段时间，先是抄写，而后默写，直到能把该课文倒背如流。

木子长我八岁，是我最崇拜的师兄，也是他们三个高年级学生中最用功的一位。他每天来得早，回去晚，老师讲课他听得最认真，老师不在时他也从不贪玩。他那种对学习一丝不苟的精神，赢得了学友们的尊重。

我是这个学馆里低年级学生中的一员，虚岁10岁，以前我念过几个月私塾，再读时应该算小学二年级，那时我已能读简单的文章，写字也从描红转为了印本。描红与印本现在人一定都没见过。描红是先生先用红笔写好字，学生用黑笔在红字的笔痕上描；印本是先生用黑笔写好字，学生在上面蒙上一张很薄的纸，照着字的影子写。

木子除了自己学习外，看到我们的写法不对，还会指导我们写：笔要握重握紧，一笔就是一笔，不可再描，俨然是我们的一位小老师。我们自然都很敬畏他。

我在家里排行老大，每天除了上学读书还要干些力所能及的家务活儿，如扫地、洗碗等，这样不免会耽误学习，再加上偶尔也贪玩，因和我年纪相仿、不上学的孩子们有时会邀我做游戏，如"抓石子""下牛窝"等，这样父亲交代的学习任务我自然完不成，连刚学的几个字也记不住了，难免要挨打，木子总是热情耐心地教我，帮我解围，使我一次又一次逃过挨打。

有一次，父亲有事出去了，另外两个大学生还未到，只有木子一个人在认真读书。我们几个小学生可快活了，好奇地乱翻教师桌上的课本，嘴里还不住地说："这书多好，又多难懂啊。读这书有多神圣啊。什么时候我们也能读这书？"

几个男孩说着还伸出了大拇指。我们本是由衷的崇拜，却不料毛手毛脚的，就把书撕坏了一页。那时的书本是薄薄的花馨纸，容易破，我们几个小学生吓得魂不附体，不知道如何向父亲交代。我知道，这事虽说是我们几个人一起干的，但是父亲对我的惩罚要比其他人更重些，因为他一贯宽人律己。

这时，父亲的脚步声近了，我们几个犯了错的孩子面面相觑、可怜兮兮地准备接受惩罚。但父亲一进门，木子就说："先生，今天我犯了大错，拿您的课本时，不小心手重了些，把课本给撕坏了一页，真是对不起！"父亲见此情形，心里也明白了几分，当着木子的面不好再说什么，只是轻轻地说了声："算了，以后不是自己的东西不要乱翻，这是做人的品质。"并拿出一张纸递给木子说："抄好补上。"我们几个小孩子见木子红着脸接过父亲手中的纸，恨不得找个地缝钻进去。就像这样，一旦遇事，木子总是像一位兄长一样袒护我们，替我们打圆场。

我家后门外有一块比较大的场地，树木林立，特别引人注目的是一棵参天大桑树，桑叶可供桂家畈几家养蚕的人家采摘；桑葚是孩子们的零食。那个年代，供孩子们食用的零食不多，树上能吃的果子自然是他们的最佳选择。孩子们有空就来这里摘桑葚，够不着的地方，看到有桑妇们来采桑叶，就"大姐""姑姑"地叫着，央求帮忙。她们有长钩子，能把很高的树枝拉到眼前。

木子有时也帮我们摘一点儿，但是他更像一位兄长或令人敬畏的严师。他一天只让我们摘一次，多了不许，这可满足不了我们饥肠辘辘的肠胃的需求。一天，我们几个孩子趁大人不在，抬起一根晒衣杆打树上的桑甚，突然，只听一声巨响，一个黑乎乎的大圆球从树梢上掉了下来，原来是一个很大的鸟窝摔到了地上。让人痛心的是，窝里有一只雌鸟正张开双翼护着一群羽毛未干的小鸟。

看着这一窝小鸟，我们几个小毛孩吓得不知所措。还是木子果断，他拿来一只抽屉把这窝小鸟连同雌鸟一道搬回了家。然而，野生的飞禽是很难家养的，尽管我们尽心尽力地保护、喂养它们，可几天后，这窝鸟还是命丧黄泉了。看着这群鸟死去，我们几个小孩忍不住鼻子酸溜溜地哭起来。木子心里也不是滋味，很长一段时间都耷拉着脑袋。不难看出，木子和我们一样难过，只是他没哭罢了。

后来，国家各项制度逐渐完善，父亲也有了正式工作，成为了一名合格的小学老师。当年小门馆里三名大点儿的学生中有两名参加了工作，成为国家正式工作人员。他们都是父亲的学生，在后来对父亲多有照顾，我们一家人不胜感激。

只有木子上了桐城中学，继续读书，后来考上了大学。记得他在选专业时，曾多次到我家征求我父亲的意见。

木子大学毕业后一直在外地工作，我们联系甚少，不过他每次回老家我们都会见面。最近几年，我们又有了联络，经常通过微信谈过去生活的点滴，谈对人生的感悟，互受启迪。最后一年没有他的消息时，我心中一直惴惴不安。不久后噩耗传来，令人怆然泪下。

水仙姑娘

20世纪30年代初,天降一"仙子"于龙眼山脚下一户书香门第的水姓人家。

据说这"仙子"很小的时候就乖巧美丽,像仙女似的,故而父母给她取名"水仙"。由于家道中落,到她父亲这一代,只能靠卖字卖画为生。水仙是家里的独生女,父母视她为掌上明珠,呵护有加,只要是水仙想要的东西,他们都想尽办法帮她弄到。然而文化底蕴深厚、有教养的家庭,往往是爱得愈深,教育愈严。

水仙两三岁时父亲就教她识字,到了四五岁,就为她请来教书先生,教授她先贤古文诗词。那个时代的教育当然讲的是以忠孝为本。对女孩子而言,还深受"女子无才便是德"的观念影响,认为女孩子无须拥有太多的知识,只要认识、了解历史上几位贤淑女子品德优秀在哪里就行了。

水仙后来说，她父亲还算开明，让她读了不少唐诗宋词，才使她成人后拥有诗一般雅致的气质。到了十五六岁，水仙已出落成亭亭玉立的少女。她天生丽质，优雅娴静，且琴棋书画样样都会，一般家务活儿也能做，正符合那个时代人们所宣扬的上得厅堂下得厨房的标准，父母为拥有她这样的女儿而骄傲。

民间流传着这样一句话："一家养女百家求"，更何况水仙这样外俊内秀的闺门小姐。花香总会招来蝴蝶满园飞，水仙成人后，说媒求婚者踏破了门槛，但水仙小姐眼光高，没有看到中意的人。等她到十七八岁时，父母就有些着急了，然而水仙不肯迁就，她每每对父母言道"如果找不到我想要的人，不如在家侍奉父母"。

这一年，月老来牵线了，桐城西乡有一个大户人家托媒人上门提亲，媒人说男方家庭条件好，男孩本人天资聪明，英俊潇洒，而且有一份好工作，大学毕业后就职于税务机关。当然水仙还是要见到男方本人，才能确定是否中意，最重要的是要看男方的人品和对自己是否有诚意。如男方不是虔诚求爱，条件再好她也不嫁。

男孩子名叫阿龙，深知水仙眼界高，不是一般人能说服的，于是自己上门求婚。说来也是缘分到了，他们一见钟情，一桩好姻缘就此达成。婚后二人恩爱有加，相敬如宾，小日子过得甜甜蜜蜜，一年后生下了可爱的小宝宝。小生命的降生，更加深了他们的感情。婆婆有了孙子，对儿媳更为疼爱。水仙对婆婆也非常孝顺，完全看不出原来做小姐时的孤傲样子。阿龙为人低调，见了家乡长辈总是寒暄行礼，非常周到。方圆几十里的百姓无不敬重这一家人。

20世纪40年代末，国民党政权的大厦将倾，为了挽救蒋家王朝，蒋经国在上海"打老虎"，打击一切贪污腐败分子，眉毛胡子一把抓。阿龙是小人物，也受到冲击。听人说他胆小，经不起挨整受罚，得了肺结核病。现在肺结核不算什么大病，但在当时肺结核是会送命的病啊！

阿龙这一病就起不来了，只得回到老家养病。妻子水仙没有一点儿抱怨，端吃端喝，找医生看病熬药，侍奉于床前，无微不至。水仙喜欢看小说，且书中故事情节记得清楚，就讲给病中的阿龙听，使其暂时忘掉病痛。阿龙偶尔振作起来微笑着对水仙说，以前对你看闲书很不理解，现在看来还真有意思呐！水仙因为能给病中的阿龙带来快乐，也感到很欣慰。尽管水仙百般照顾阿龙，医生也开出最好的药物，但是对一个病入膏肓的病人来说已是于事无补，阿龙最后还是在母亲和妻子的哭泣声中撒手人寰。

阿龙去世了，水仙悲痛欲绝，几次要随丈夫而去，但是她不能这样做，她还有个刚满两岁的孩子要抚养。孩子是她和阿龙爱情的结晶，是阿龙生命的延续。她有责任和义务把阿龙的血脉抚养成人，她不能逃避，也没有权利去死。但生活是现实的，她需要挣钱养活自己和孩子，便经人介绍到一所小学做了代课教师。

她可是位顶呱呱的好老师，语文、算术能教，绘画、音乐也行。她工作认真负责，教学效果好，对学生像慈母般地爱护，得到学生们的一致好评。她时时穿着一身素衣，说是丈夫死后要戴孝三年。她平时沉默寡言，很少与人交往，于是就有人看不惯她，说她高傲，不能与群众打成一片，小资产阶级气息太盛。水仙有自己的信念，不在乎别人说什么。她每天除了工作就是照顾孩子。白天时孩子由奶奶照看，晚上时她和老人、孩子一家三代其乐融融。

阿龙有个弟弟在外地工作。阿龙去世后，弟弟对寡嫂敬重有加，水仙也很喜欢这个小叔子。因小叔子大龄，就有人猜想，这对叔嫂很可能会走到一起。但是猜想归猜想，他们就是没有点破这层关系，一直以叔嫂关系相处。然而，作为代课老师的她被学校辞退了。从那以后，她便没有了经济来源，生活越来越拮据。

水仙虽然性情孤傲，但是对学生好。她被辞退后孩子们都很想她，经常三五成群地到她家去看望她。天有不测风云，人有旦夕祸福。两年后的一天，有人听说水仙的儿子死了。老天爷为什么如此不公平，为什么要让善良的人雪上加霜？不过也有小人幸灾乐祸地说，这是现实生活中的祥林嫂啊！

一天，我们几个学生偷偷地去看望水仙老师，只见她坐在床上，怀抱孩子的衣服发呆。目睹此情此景，我们的心都在流血，不知道怎么安慰她才好。当我们要离开她家时，她才明白我们为什么而来，站起身来送我们出门。

后来听人说，她婆婆嫌她命不好，克夫又克子，不许她和小儿子再成亲。于是，她最后的一线希望也破灭了。水仙万念俱灰，对生活完全绝望，最后遁入空门，上九华山削发为尼。多年后有人去九华山拜佛，看到一位身着袈裟的尼姑，感觉面熟，貌似水仙，问其尊姓大名，对方不承认她是水仙。她到底是不是水仙，已无从证实，也无人关心了。

一个知书识礼、勤奋自强又美貌如花的女子，结局竟是如此悲凉凄惨，是上天的安排，还是与命运抗争导致的结果？如果水仙的儿子不死，她也不至于上九华山；如果她和小叔子喜结连理，她也可能不会上九华山；如果她有一份稳定工作，能养活自己，也可能不会上九华山。水仙的命运，令人同情和惋惜，但仔细想来，人还是要顺应时势的变化，不能过于留恋过去，要以积极的心态迎接和拥抱新生活。

小学老师

20世纪80年代末,一个春天的早晨,太阳跳出地平线丈把高,时针正指七点,某小学的老师们已经聚到办公室里等待开晨会。

晨会开始了,校长发言:"从这学期开始,学校每周逢周二、周五开晨会,老师们要在七点前到校,平时不开晨会的日子八点前到校;学校实行考勤制度,在办公室的黑板上画上考勤表,迟到的人要在考勤表上做标记,校领导更要以身作则,被上级领导叫走除外。"

校长话音刚落,一位新调来的老师发话了,他说:"谁知道上级叫走校领导是私事还是公事呢?还有可能校长假公济私,却说是上级找他谈工作呐,必须有人证物证呀!"听到他的话,全体老师都惊呆了。还会有人提出这样的问题?难道还能做假吗?校长似乎受到一种莫名的侮辱，愤愤地说："大概某些人过去做过这种事（这位新调来的老师以前也当过校长）。"于是二人略显尴尬，还是另一位老师说起其他话题才缓和了气氛。

这位老师随后解释道："我这人有个毛病，好挑领导的刺，因此我由校长、教导主任一路降为普通老师，如今我这毛病又犯了，得罪了领导，还望校长多多海涵！"

每周两次晨会，一次是生活会，一次是教研会。生活会无非是说一说校园生活有关事项，同事之间教学和学生管理方面有什么情况和问题，要摆到桌面上说，不要在背后搞小动作。教研会大半是校长、教导主任检查老师的备课笔记和学生作业批改情况，或是讨论教学中出现的问题。

一次教研会上，教导主任查看老师们的备课笔记，发现这位新调来的老师的备课笔记写得太简单了，只有两条大纲，跟其他老师相比，简直是天壤之别。校长和主任都很生气，狠狠地批评了这位老师，说他教学态度不端正。校长还说这是和他较劲，是找事激化矛盾。然而这位老师不生气不辩解，非常平淡地说："我建议明天进行一次教学公开课，我讲课，请同志们监督听课，提出宝贵意见。"

第二天早上，这位老师的公开课开始了，他讲的是一篇有关科学论证的文章，题目是"两个铁球同时着地"。他深入浅出地用科学的方法分析问题，娓娓道来，解答了学生们的疑问。一节课45分钟的讲解没有一句废话，教态自然，语言铿锵有力，声音抑扬顿挫，学生们听得津津有味。下课铃声响了，他安排的内容正好讲完。

下课后，听课的老师们都赞不绝口，校长、主任也心悦诚服地佩服这位老师。原来这位老师不是没有备课，甚至他的备课时间花得比别人还要多，只是他在心里备课，在脑子里理好教案和讲解内容，上课时侃侃而谈，不用临堂看教案。他的教案在他脑子里，比一般人更胜一筹。

晨会开得非常有意义，有益于教学质量的提高，加强了同事之间的沟通。时间过得真快，不知不觉进入了初夏，白天时间越来越长，七点钟时学生们就全部到校了。到校就要早读，全校学生读起书来，声音嘹亮，响彻校园内外，老师们就无法开晨会了。再者，这些都是小学生，没有人管理是不行的。

大家都认为再在早上开晨会不太合适，但是又不能不开，那就换个时间吧！有人提出在下午放学后开，也有人说要在晚饭后开，意见不一。如果晚上开会，一部分在家食宿的老师就麻烦了。农村的田埂路坑坑洼洼，又没有亮光，走黑路有些困难，还有些女老师胆小，晚上不敢出门。这位新调来的老师虽住校，晚上开会他没有问题，但是他首先提出并坚持下午放学后开会。

别看他平时喜欢和人较劲，但他这时候考虑的不是他自己，而是那些晚上从家里到学校来开会的人的困难。然而校长认为，下午开会会影响一些老师的活动，他们可能有私事或工作。那时小学老师家住农村，家里还有自留地，放学后事情多着呢。另外，老师家访一般也都安排在下午放学后进行。所以校长坚持晚上开会，时间可以短点。这件事情又造成校长与这位老师之间新的矛盾。

除了工作上的分歧，校长与这位老师也经常为一些鸡毛蒜皮的事发生争执。这位老师疑心重，只要有一件不顺心的事，就怀疑别人针对他。20世纪80年代末老师评职称，原则上凡是教龄在20年以上有正式中等师范毕业文凭的老师，都可评中级职称，但是也不是人人都能评上，有名额限制。这位老师心里不踏实，惴惴不安，隐隐感到自己这次评不上职称，会有人在背后捣鬼。其实他是个好人，工作认真负责，平心而论他应该评上。校长虽然和他有过几次争论，但是在评职称这个问题上，还是秉公办事，想尽办法要把他评上。

后来由于名额限制，还有一些其他原因，这位老师真的没被评上。领导找他谈话，说明他本次落选的情况和理由，让他接受，并说以后会为他补上。这位老师在领导的好言相劝下，无奈地接受了。但之后他的情绪一落千丈，怨恨校长，怨恨上级领导，牢骚满腹地整天骂人。其实校长真的是被冤枉了，虽然平时有些争执，但在大事上还是会帮他出力的。

校长叫他写一份报告，说明自己的申请理由，准备上报，希望能再帮他做一次努力。可他在报告里写的却都是一些他如何和领导闹矛盾甚至争吵的事，这次没评上中级职称纯属领导和某些人挟私报复等。校长对他的报告材料大失所望，对他说："你这样写能评上职称吗？你要把你工作以来的成绩陈述出来，以业绩服人，这才是评职称的资本呀！"可想而知这份报告报上去的后果。

在教育界做过的人都知道中级职称对一位小学老师的影响有多大，但这位老师却因为这样那样的原因错过了。同事们都知道这位老师是个好人（其实校长也是个好人），但却因为个人性格方面的原因造成了对他而言非常不公平的命运，真是可悲可叹！

肆

旅行杂记

桐城的苍山洱海

为避开国庆节旅游高峰，我由二子、三子陪同，在节日前到云南大理、丽江旅游。2015年10月2日下午，我们从云南回到家中。前一日大儿子受邀参加国庆大典，也于次日回家。

全家团聚，在家休息了两天，体力、精力基本得到了恢复。三子提议搞个周边休闲游，地点就定在牯牛背水库。

说起牯牛背水库，桐城人应该都耳熟能详。它位于长江水系菜子湖支流挂车河上游三道河口上，是一座以灌溉为主，铺以防洪、供水、发电、养殖及水库旅游等功能的中型水库。

它是桐城一项大型水利建筑，它的建成为预防本地洪涝旱情，减少灾情造成的损失，作出了巨大贡献，如今又成了近地旅游的一个景点。

10月5日上午九点，我们一行五人从家中出发。汽车在蜿蜒崎岖的山路上爬行，窗外绿树摇曳，毛竹挺拔，使人感觉仿佛在画中穿梭一般；由于一直上行，又好似与蓝天相接，投入到云雾之中。

汽车跟着导航指示的线路，行驶约40分钟后，停在一栋民房门前。打开车门，首先映入眼帘的是四周灰蒙蒙的一片。是呀，今天早晨秋高气爽的好天气不见了，取而代之的是秋风萧瑟、落叶纷纷的深秋景象。

极目远眺，四周连绵不绝的群山锁在烟雾之中；近处是牯牛背水库碧波荡漾的水面，水面上升起流动的雾气，与远处的群山构成了一幅美轮美奂的水墨山水画。

此刻，我觉得这水库仿佛就是前几天在大理所游玩的洱海，而在重雾中隐现的山脉就是苍山。我们在云南大理时住在双廊镇洱海边的客栈里，待在房间里就可以看苍山洱海，看日出日落。山环抱着水，水映照着山。牯牛背水库虽没有苍山洱海那样的景致，但山水相连、水天一色的神韵是一样的。

我们从水库坝上走向坝底，沿着水岸相接的湿路信步绕水而行，脚踩松软的细沙，立感大自然的温馨，如痴如醉。前面有两位中年人在钓鱼，引起了三个儿子的兴趣，因为他们像他父亲一样都喜欢钓鱼。

我们走过去，一边观看钓鱼人的成果，一边和他们聊起天来。钓鱼人说，水库里的鱼是受保护的，不准捕捞，但手持钓竿坐一会儿，作为娱乐活动还是可以的。水库里还有一种野生娃娃鱼，也是受重点保护，碰也不能碰。

我们迎着水面上吹来的凉风，欣赏着美景，呼吸着富含负离子的清新空气，继续前行。远处一只水鸟轻拂水面，一跃而起飞向高处，消失在茫茫的天空中。近处有水草、菱角菜之类的水生植物，漂浮在水面上，随波逐流。这一景象又勾起了我对故乡的眷恋。几十年前桂家畈大塝里不也有这种水草和菱角菜吗？

我们在不知不觉间绕水库走了半圈，突然一阵强风吹来，风儿带起了水雾，顿时毛毛细雨纷纷扬扬地向我们飘了过来，青山绿水全淹没在水雾中。手持钓竿的钓鱼人收起了钓竿。看来天要变了，我们也得回去了。当我不舍地回首一瞥时，只见背后天苍苍、水茫茫，俨然是苍山洱海的再现啊！

看着眼前的美景，我不由得想起当年民工们修建牯牛背水库的艰辛。牯牛背水库是于20世纪五六十年代修建的。那是"为有牺牲多壮志，敢教日月换新天"的火红年代，各地大抓农田水利建设。

修水库是一项大工程。那时候没有挖土机、起重机，全凭锄头、铁锹一铲一铲地铲，全凭粪箕、扁担一担一担地挑。民工来自各区，如黄甲、金神、青草、双港等。当时我在天城中学读书，比我大一点儿的青壮年男女，冬天农闲时都去修水库，不论天寒地冻、下雨下雪，都拼着性命干。

虽然我没有参与修水库，但是可以想象现场的劳动强度。不然凭那样的条件，水库怎么能修成呢？修水库的人不但吃尽千辛万苦，还可能流血牺牲。我们村里就有一位男青年，在修水库炸石头时被炸断了一只胳膊，当时人就昏过去了，差点儿没命。经过抢救，虽保住了命，但少了一只胳膊，造成终身残疾。后来这个青年回到生产队，自强不息，练习一只手做事，生产队对他也多有照顾，只让他做些力所能及的活儿。前几年国家实行抚恤政策，每年发给他几千元生活费，可是他才刚享受两年就去世了，说起来也是令人心酸。

不论是专家学者，还是那个在修水库时被炸断胳膊的青年，都应受到同样的尊重。我们永远不能忘记那些为国家富强、人民幸福默默奉献的千千万万平凡的人。只有这样，我们的国家才更有希望，老百姓的日子才能过得更加踏实、安稳。

游嬉子湖

一个天气晴朗的星期天,我们全家人到嬉子湖去游玩。上午九点钟,由三子开车出城,向东南方向驶去。往嬉子湖的路正在改造修整,一路上坑坑洼洼,汽车颠簸行驶了40分钟后我们才到达目的地。

关于嬉子湖,我们来过多次,百看不厌。随着国家旅游行业的发展,嬉子湖周边的配套设施不断完善,日新月异,招来不少八方游客。小车停在湖畔一条长长的林荫道边,一下车首先映入我们眼帘的是那波光粼粼的湖面。嬉子湖下接西南的菜子湖,最终汇入长江。目光穿越湖面,远处的安庆罗家岭若隐若现。想象一下,如果你是坐在飞机上俯瞰,嬉子湖便宛若铺在安庆、桐城、枞阳之间的一块白色绸布,随风飘舞,充满动感。

我们沿着湖滨大道悠闲徜徉,极目远望,一望无际的湖水，烟波浩渺，与天相接；收回目光，望向近处，湖面上几叶小舟随着水波荡漾，在波澜中留下点点黑影。湖滨大道边上是水生植物模型展览，虾、虫、鳖、蟹等，活灵活现代表着活跃在嬉子湖里的各类水生动物。

近岸的水边，几个儿童手拿小渔网，正在捕捞水中的小鱼虾。湖面伸入陆地的水湾，是一块浅浅的水面，用竹子扎成篱笆，围成一个很大的圆圈，里面养着的一群群鹅、鸭快活地游荡、戏水。那些浮游在水面上的鸭子，彼此见面，微微点头，似乎在礼貌地互相问好。白色的大鹅更显威武，高昂着鹅头，引吭高歌，不由得让我想起唐代诗人骆宾王那首著名的《咏鹅》——

鹅鹅鹅，曲项向天歌。

白毛浮绿水，红掌拨清波。

顺着大道继续前行，迎面是一片菱角菜。它们浮在水面上，你挨我、我挨你地挤在一起，仿佛印满花纹的地毯。水面被菱角菜遮住，几乎完全看不到了。既然有菱角菜，就会有菱角。我们走到旁边的小卖店，里面果然有菱角卖，美味当前，我们自然是禁不住诱惑。我们买了菱角，迫不及待地吃了起来。菱角是生的，水生生、甜丝丝的，久违的味道慢慢地从味蕾中复苏，真是吃在嘴里，美在心里。

大道尽头是一片一眼望不到边的荷花塘。荷叶如银盘、如雨伞，平铺水面，宛如大地上铺上了一片绿油油的草坪。可惜我们迟来了半个月，荷花已经有败谢的迹象，不然就可以欣赏"接天莲叶无穷碧，映日荷花别样红"的美景了。不过一个个形似绿碗的莲蓬长了出来，有傲然朝天的，有低头含笑的，还有目不斜视地望着对方的，也别是一番景象。

沿湖滨大道走了一圈，我们又回到旅游服务中心。附近有一片雕塑区，其中有一个头戴斗笠，身穿蓑衣，正撒开渔网打鱼的渔夫雕塑，栩栩如生，又不由令人吟唱起《天仙配》里的那句赞美渔家生活的黄梅戏唱词：

渔家住在水中央，两岸芦花似围墙。

撑开船儿撒下网，一网鱼虾一网粮。

服务中心后面是娱乐城，中间有一个大水池，水池上空架有铁索，人可以手拽着铁索滑行。这项活动玩的人少，一般胆小的人不敢玩。

娱乐城正后面耸立着桐城历史名人方以智的石雕像。石像后面的石板上刻有方以智的生平事迹及历史贡献。方以智是明末桐城人，文学家、科学家、思想家。他忠于明朝，宁死不肯降清，晚年皈依佛门，披缁为僧，民族气节令人感佩。我们怀着对家乡前辈的敬仰之情，恭敬地走到石像前，向方以智雕像行三鞠躬礼。

到了返程的时间。坐在车上，我的脑海里又浮现出刚刚游览过的嬉子湖美景。我喜欢嬉子湖的美丽景色，眷恋这里菱角的丝丝甜味，更羡慕这里渔家"一网鱼虾一网粮"的田园生活。

我曾游览过杭州西湖、惠州西湖、扬州瘦西湖、大理洱海等著名景点，虽然那些地方有更美的湖光山色，更多的名胜古迹，以及许多为人津津乐道的传奇佳话，但是我初心不改，依然最钟情家乡的嬉子湖。

我来这里玩过多次，单位组织集体旅游来过，和家人享受天伦之乐来过，陪远方客人旅游来过，已记不清来过多少次了，但每次都有新的感受、新的收获，每次都是流连忘返，回味无穷。我想这也许就是我对家乡痴心不改、无怨无悔的爱吧！

游惠州西湖

广东惠州是座历史名城,而让惠州闻名天下,招来四方游客的,是市中心的西湖。如果你游览过杭州西湖,很可能会觉得惠州西湖是按杭州西湖仿造的。当然惠州西湖没有像杭州西湖那样,利用天然的山峦,如屏障一样把湖与市区隔开,也没有灵隐寺、岳王庙、雷峰塔等具有历史典故的建筑物点缀衬托,但惠州西湖也有它的独特魅力。

从空中看惠州西湖,它如同一片落叶静卧在地面上,清风徐来,水波不兴。湖面被蜿蜒起伏的山峰环抱着,山水相连。西湖的湖水绿得像一块无瑕的翡翠,清澈得可以看见水底游动的鱼虾。

蓝天白云映照下的西湖并不是一望无垠的,因为湖中有大大小小的岛屿镶嵌。错落的岛屿,好似一个个彩球漂泊在水面上，偶尔会挡住我们的视线，却也给平静的西湖增添了几分雅致和风韵。

更令人叹服的是西湖中有岛，岛中还有湖。湖中的岛浓绿堆翠，花团锦簇；岛中的湖像是一汪秋水的眼睛，闪闪地传情于岛中。岛与岛之间有曲线桥连接沟通，弯月般的小桥用白色大理石筑建而成，光滑透亮，如同漂在水面上的白色缎带，游客尽情地行走其间，尽享湖光山色，悠哉游哉，怡然自得。此时我不禁有点飘飘然了——我到底是在人间水面呢，还是在天上云间？

湖中有一大堤，名曰苏堤。苏堤是连接两岸的交通要道。苏堤两旁垂柳成行，柳丝拂水。堤上拱桥飞架，堤边卷角亭供游人休憩，堤下的桥洞，使苏堤的湖面连而不断。

湖面上满载游客的画舫穿梭如织，快艇在水面上疾驰。游客们你来我往，都会拍下这令人如痴如醉的画面，真可谓千山万水尽收眼底，叠嶂美景浓缩于手掌之中。

导游告诉我们，惠州西湖原名丰湖，一代大文豪苏轼，被朝廷贬谪到惠州后，和当地老百姓一起扩建并改造了湖面，将其仿造成杭州西湖的模样，于是当地人就把它改名为西湖。惠州西湖就是这样，因一代文学大儒苏轼而成名。

稍有点文化的人都知道苏轼是"唐宋八大家"之一，他是诗人、词人、散文家、画家、书法家、美食家。一方面，他热爱生活，豪爽奔放，留下了"大江东去，浪淘尽，千古风流人物"的千古绝唱；另一方面，他看重感情，用"十年生死两茫茫，不思量，自难忘"这些断肠文字，道出了对亡妻的无限眷恋。

我们又去了东坡园。东坡园位于一片幽深的竹林之中，苏东坡的这一做法正与他在《于潜僧绿竹轩》这首词中的诗句"宁可食无肉，不可居无竹。无肉令人瘦，无竹令人俗。人瘦尚可肥，士俗不可医。"相辉映。在诗人苏轼的心中，竹子代表超凡脱俗，清新高雅，代表着人与自然的和谐共存，相辅相成。

他认为，一个人立于世间，最重要的是思想品格和精神境界。只要具备高尚的情操，就会有松柏的孤直，梅竹的清芬，就会不畏强权，直道而行，卓然为人；反之则会汲汲于名利，计较于得失，随权势而俯仰，视风向而转移，俗态媚骨，丑行毕现。

因此，他要种竹，活得更是如竹。

东坡园的正门前是苏东坡的石刻雕像，只见他手握书卷，气宇轩昂。他仰望前方，展现了我行我素、不畏权贵的可贵品质。左侧是苏东坡和他的侍妾王朝云在一起的雕像、王朝云的独立雕像及朝云墓。

传说苏轼被贬杭州任职杭州通判之时，一次偶然的机会巧遇轻歌曼舞的王朝云，便被朝云的气质所吸引，后纳其为妾。因朝云聪慧过人，情商极高，加上她对苏轼的文学理解颇为深刻，苏轼便视她为红颜知己，倍加宠爱。

苏轼曾经写过一首著名的《饮湖上初晴后雨》：

> 水光潋滟晴方好，山色空蒙雨亦奇。
> 欲把西湖比西子，淡妆浓抹总相宜。

这首诗名义是写西湖的旖旎风光，实质上是苏轼抒发自己初遇王朝云时为之心动的感受。

由于苏轼性情豪爽，心无城府，不免得罪权贵，后再次被贬，他身边的人纷纷离他而去，只有王朝云始终陪伴在他身边，不离不弃，陪他走过了一段颠沛流离的生活，成为他苦难生活的最大安慰。后来王朝云病死在惠州，苏轼按王朝云的心愿把她安葬在西湖之畔，故西湖岸边有朝云墓。

为纪念苏轼与王朝云这段情缘，当地老百姓在朝云墓旁建造了一座凉亭，名曰"六如亭"。亭柱上篆刻着苏轼亲笔书写的一副楹联：

> 不合时宜，惟有朝云能识我，
> 独弹古调，每逢暮雨倍思卿。

为解说这副楹联，导游还绘声绘色地为我们讲述了一个故事：有一次苏轼和侍从闲聊，指着自己的腹部问他们，你们有谁知道我这里装的是什么？一个仆人答道"是文章"，一个侍女答道"是见识"。苏轼轻轻捻须，频频摇头。

此时朝云在一旁笑而答道："学士满肚子都是不合时宜。"苏轼闻言哈哈大笑，赞道："知我者，唯朝云也。"

听着导游的这番讲解，想着苏轼与王朝云之间那段相知相惜、如泣如诉般的恩爱生活，我不禁感慨万千——苏轼于千万人之中觅得了自己的人生知己，是其幸也，也是其命也。

东坡园的正中央是东坡纪念馆。纪念馆里陈列着苏东坡的诗作、画作。

参观至此的游客们不由自主地吟咏起苏轼的诗词来，"人有悲欢离合，月有阴晴圆缺，此事古难全。但愿人长久，千里共婵娟……"

沐浴在苏轼的诗词和绘画的意境之中，再抬头遥望那轮空中的夕阳，我的思想、情感犹如长上翅膀，在天上人间自由翱翔，整个身心也豪放洒脱起来。

从东坡园出来已是日落西山，晚霞染红了湖水，为我们营造出"半江瑟瑟半江红"的胜景。

此时天空彩云飞舞，映照着万家灯火。夜幕降临，当最后一抹余晖也被黑暗吞没，水面上的灯火与天上的繁星交织在一起，整个湖面竟成了庞大的彩球，我们都成了彩球中的小不点。

忽然间，缎带似的曲线桥，被人乔装打扮了一下，就如同有人手持彩链当空舞了起来，一群艳丽多彩的舞女如天仙般地降临于拱桥之上，神采飞扬地表演起当地的民族舞艺来。我身处此地，真的难以分辨谁是凡人谁是仙了。这真是：

苍穹湖水共一色，嫦娥下凡作游人。
天上人间成一画，神笔原是东坡公。

游曲阜

山东曲阜是孔子的家乡，也是我仰慕已久的地方。因此，2018年国庆长假时，我在两个儿子的陪同下，到曲阜参观了著名的三孔——孔庙、孔府与孔林。

9月30日中午，我们一行人到达曲阜，入住香格里拉大酒店后咨询了一下景点的具体情况。当天下午，就赶到尼山参观。

尼山是孔子出生的地方，原名尼丘山，离城30公里，开车40分钟即到。

导游向我们介绍，三孔之说不完全，应该是四孔，尼山也是一孔，只因尼山离曲阜市较远，一般游客就把它忽略了。其实要想深入了解孔子，必须先到尼山，因为孔子父母"祷于尼丘得孔子"，所以孔子名丘，字仲尼。

尼山是由一群蜿蜒曲折的山峰组合而成，山峰的制高点是一尊孔子的石雕像，据说这是孔子办学时的装饰像。

尼山右边是一排古典建筑，中间高高耸立的亭阁正门之上，有正楷书写的"大学堂"三个大字，醒目耀眼。我们置身于尼山脚下，仰视孔子的雕像和空中"大学堂"，仿佛穿越了时空，静坐在大学堂里，聆听孔子传道授业与解惑。

国庆节当天，一大早我们就来到孔庙正门前，有个年轻导游接待了我们，亲切地问候我们"早上好"后，便毛遂自荐，要给我们做向导。见她活泼开朗、热情好客，我们便请这位导游小姐为我们做全程服务。接着她就滔滔不绝地向我们介绍起了孔子——中国儒家学说的创始人。在两千多年的漫漫长河中，儒家文化逐渐成为中国封建社会的正统文化，并影响了东亚和东南亚各国，成为整个东方文化的基石。

导游一开口，厚实的文化底蕴就把我们镇住了，同时，我们不得不对孔子更加敬仰。

进入孔庙，我们仿佛逆着时光的隧道，在寻访两千多年前孔子的足迹。从"万仞宫墙"开始，典故就来了：传说孔子的学生子贡很有学问，有人说他比孔子水平还高。子贡说：我的水平只能像与肩的院墙，我里面有什么，一看就明白，而老师的水平，你站在另一人的肩上往里看，都看不到，有万人之高！

出于对孔子的敬仰，清朝的乾隆皇帝亲书"万仞宫墙"四个大字。据说，乾隆还把自己的一个女儿嫁给了孔家后裔。

进入孔庙的第一道大门——石柱铁梁、黄瓦红墙的棂星门，一进大院，我感觉似乎是进入了皇宫。孔庙像故宫的翻版，巨大的龙柱，精雕细琢，黄色的琉璃瓦，红色的高墙，殿阁楼堂，金碧辉煌，宏大的宫殿成群，完全一派帝王格局。

静观木结构的奎文阁三层飞檐，四重斗拱，中国建筑的独特，让人情不自禁地感慨古代能工巧匠们精湛的手艺。导游指着这幢古建筑，进一步向我们介绍，"钩心斗角"这一成语就是出自孔庙中的建筑群。这惟妙惟肖的钩心一角，正好伸入飞檐之中，另一角恰巧和飞檐的另一端相接。

观孔庙精美的楼阁，赏苍劲松柏，望高高垣墙，真乃有"夫子入云霄，万人仰天拜"之感慨。

稍做休息，喝点水，怀着敬仰之情继续前行。不知不觉，我们来到了孔庙的主体建筑——大成殿。

踏上双层汉白玉栏杆的台基，我们看见了金色琉璃瓦重檐覆盖的大殿。导游郑重向我们介绍，此大殿和故宫的太和殿并称为东方两大殿。大殿前檐下的十根龙柱尤为壮观，都是深浮雕，刚劲凌厉，玲珑剔透。盘龙栩栩如生，有腾云驾雾之势。孔子庄严地端坐在大堂中间，安宁慈祥，谦和开朗，彰显出教育家和思想家的伟大气度。此刻的我们，仰视孔子的高风亮德，不禁由衷地向孔圣人深深地鞠了一躬。

孔庙有许多石碑，刻着唐、宋、元、明、清各代皇帝加封、祭祀孔子和修整孔庙时的情形。这让两千多年的儒家文化根深蒂固地融入中国人的血液之中。

孔府在孔庙左侧五百米的地方，是孔子后裔衍圣公的府第。导游带我们出孔庙左拐经过一段人行道，来到孔府大门前。

走近孔府，黑漆红边的大门左右侧各雄踞一头昂然的石狮。大门两旁的明柱上有一副蓝底金字长联：

与国咸休安富尊荣公府第
同天并老文章道德圣人家

导游向我们介绍道，这副对联是清代才子纪晓岚所作。说着，她手指对联问我们可发现了什么。原来这副对联的上下联各有一个错字："富"字上少了一点，"章"字中多了一笔，意思是衍圣公官职位列一品，田地万亩千顷，自然富贵没了头。下联正应了孔子学说"德侔天地，道冠古今，圣人之家，文章通天"。

进入孔府，古槐小径，幽然诗礼之家。

孔府的楼堂厅房有四百多间。庭院里有苍劲的古树、美丽的垂花门、精美的古玩，雕梁画栋，美轮美奂。我们沐浴在人间仙境之中，似是到了另一个世界，如痴如醉。此刻，导游的小故事又把我从梦幻般的仙境中拉回：明太祖朱元璋当皇帝时，不希望孔门后人直接参与朝政，只想让他们看管好孔府，把它作为封建礼教的一个标志、一种象征、一个楷模保存下来。因此，从明代开始，历代衍圣公虽爵位很高，但只能留在曲阜，安享尊荣，管理读书、祭孔等事，并不在朝廷任要职。

孔府第一重院落，七品以下的官员到此止步；第二道大门是大堂，俨然官衙的公堂，这是衍圣公宣读圣旨、会见四品以上官员之地；三堂则是私设的公堂，是专门处理家族纠纷和惩罚奴役的地方。穿过几重大堂，我感觉孔府院落真是一步一个品级，一堂一重天啊！

走进孔府后花园，有两个奇观吸引了我。一是自然奇观——五柏抱槐，五棵柏树中间长着一棵槐树，生机勃勃。导游说是鸟把一棵槐树籽撒落其中才会如此，我感觉她说得很有道理。第二个奇观是一幅有一条路的人工画，无论你从哪个角度看，这条路总在你前面对着你，我和两个儿子试了一下，确实如此。我立刻想到"条条大路通罗马"这句话。孔府到处弥漫着浓浓的书香之气,处处体现出孔子思想之深厚。

出曲阜走五里路,我们就来到了孔子的墓地孔林。

"万古长春"四个大字镶嵌在高大的精雕石坊之上,远远地就跃入了我们的眼帘,据说这是雍正皇帝亲书。入石门两排千年松树分站甬道两旁。我们沿着古老的苍松翠柏相伴的石路向孔林深处走去。时值深秋,阵阵凉意袭来,此刻,我真正体会到了"千年古木在,林深五月寒"这一诗句的真切含义。

孔林三千多亩的灵杰墓地,葬的都是孔姓之人,外姓人是不准葬在这里的。经商的孔姓之人也不准葬在这里,因为孔子生活在重农抑商的年代,他不喜欢商人。然而孔子的学生子贡却是个商人,孔子到处游学的费用都是子贡资助的,可见心灵的相通是不在乎个人的身份和贫富的。

孔子去世后,他的学生移来各种奇木植于其墓四周,几乎所有学生都为他守墓三年,三年后各奔东西,唯子贡又守了三年。学生对老师的感情如此深厚,孔子这位至圣先师该欣慰于天府了。

我感觉这次旅游不同以往。以往的旅游只是游山玩水和对古玩文物的欣赏,而这次旅游使我对"万世师表"的含义有了更深的体会。

游南浔古镇

一个双休日，大儿子在浙江湖州开会，特邀我由小三子陪同，做一次周末旅行。湖州在太湖南岸，阳春三月，春暖花开，草长莺飞，风景秀丽，正是春游的好时节。

星期五上午十点钟我们包车到合肥，下午一点乘动车到达湖州，然后坐出租车一路看花赏景，来到预订好的月亮湾大酒店。所谓月亮湾，就是酒店外观呈弯月亮形状，别具一格，引人注目。酒店高大雄伟，矗立在太湖水岸相接的地方。一头着岸，一头着水，这头到那头须走水中隧道。从酒店往下看，湖水伸进到陆地，成了零星小湖，小湖在阳光的照耀下，晶莹闪亮，像是绿色的地毯镶嵌着蓝宝石。大湖小湖，母子湖连环相套，相伴相依。

翌日，大儿子会议结束后，我们包车来到江浙六大古镇（乌镇、同里、周庄、甪直、西塘、南浔）之一的南浔古镇，领略古镇的风土人情。

关于南浔古镇，有一些传说。水晶般的南浔，南宋时已有"耕桑之富，甲于浙右"之美誉，闻名天下。南浔历来崇文重教，明代有"九里三阁老，十里两尚书"之说。嘉业藏书，翰墨飘香。名宅大院，古典园林，中西合璧的建筑，有着丰富的文化内涵和底蕴，今天我们终于可以一饱眼福。

出租车在高速公路上奔驰，我们坐在车上，宛如进入仙境，不禁联想起白居易《忆江南》的诗句：

江南好，风景旧曾谙。

日出江花红胜火，

春来江水绿如蓝。

能不忆江南。

一路如痴如醉，不知不觉间，到了南浔古镇。古镇的正门由巨大条石直竖横架而成，横匾上是石刻正楷"南浔古镇"四个大字。我们买好门票，请了导游，进入古镇园区，体验小桥流水人家的静谧安逸。

我们首先参观的是张石铭旧居——懿德堂。张石铭出生于南浔古镇四大富豪之一的张家。他的故居是一座中西结合的大宅院，陈列的家具古色古香，都是用名贵的红木制作而成的，排列井井有条。房子上面雕梁画栋，龙凤图刻惟妙惟肖，让人打心眼儿里佩服昔日那些巧夺天工的能工巧匠。

走过一条小巷，我们来到嘉业堂藏书楼，只见那里有个大柜子，里面放着许多已经泛黄的古书，其中最有名的是《史记》《三国志》等，都是竹简的。能有机会看到这些稀世之宝，实在难得。

接着，导游带领我们走进尊德堂，这里是张石铭的堂兄、国民党元老张静江的故居。张静江是孙中山先生的密友，国民党第一次代表大会执行委员，早年跟随孙中山进行民主革命，并作出卓越贡献。尊德堂从客厅到书房、卧室，陈列着张静江各个时期的照片，还有他和孙中山先生不同时期的合影，以及他和国民党其他元老的合影。

一条小河穿镇而过，民宅临水而筑，岸边垂柳拂水，洋溢着江南水乡如诗如画般的韵味。我们一行三人加上导游、艄公共五人，坐着一条两头翘起的小游船。艄公划着桨，让水分向两边，船在平静的水面上向前滑行。这时小三子疑惑地问艄公："这水是死水吗？怎么不流动呢？"艄公回答说："怎么是死水呢？底下在流啊！只是这里的水静，静得让你感觉不到它在流动！"

艄公告诉我们，古时这里的百姓依河建房，是因为当时交通不便，物流主要靠水运，房子建在河边方便。船就是街头的汽车，店铺沿水而立，人们坐船买东西，店家靠船运输货物，比人工挑省力得多。想起过去人靠两个肩膀挑东西的辛苦，现在的年轻人都想象不出来。另一只船上的艄公唱起了山歌，我们船上的艄公也应和着唱起来，又使人想起范仲淹《岳阳楼记》里"渔歌互答，此乐何极"的名句。

小船在碧波上向前滑行，两岸的民房和如绿丝般的柳枝，不断映入眼帘，向后倒退，真是"舟行碧波上，人在画中游"啊！渐渐的，河面变宽了，艄公向我们介绍说，这是到了大运河的支流，我们的小河跟大运河连接在一起了。当初隋炀帝开发大运河就是要连接东西南北的交通，现在大运河还在发挥着物流货运的重要作用。

船靠岸了，我们到了南浔古镇的东南部。这里的主要景点是小莲庄。导游向我们介绍说，小莲庄是一座豪华的私家园林，园林最早的主人是南浔丝商首富刘氏家族的刘镛，他还是南浔甚至整个江浙地区四大富豪之首。小莲庄的功能区域划分非常合理，从一个看似不起眼的小门进入，到了里面会有一种大世界的感觉。导游说这种设计应该是秉承南浔富贵人家"财富不显露，豪气不外展"的基本思想。

继续前行,我们看到两条通道通向一个世外桃源般的莲池。导游介绍说,这是采用迂回流转的模式,将整个庄园连在一起,起到"吐故纳新,曲径通幽"的效应。可惜现在不是荷莲盛开的季节,要是在初夏季节到此,就可以看到"接天莲叶无穷碧,映日荷花别样红"的美景了!

下午四点左右,旅行结束。虽然有点累,但我心里很充实,有一种余味未了的感觉。是啊,江南水乡的小桥流水人家使人陶醉;古镇名人故里那中西合璧的宏伟建筑,让人大开眼界;名人的风格气度以及名人对历史的贡献使人敬仰。 现代人要传承他们的精神,使我们国家的经济加速发展,使我们的国家更加繁荣富强!

游香港太平山

在儿子和儿媳妇们的邀请下,我终于来到了香港——这座东方之珠,浪漫之都,不夜之城。

香港的地形很特别,这里依山傍水,海水伸进山坳里,形成了一个个天然的、美如画的港湾。山涧里的海水又自然地形成了一个个小小的湖泊,像颗颗明珠挂在香港这座城市的颈间。我在迷醉的同时,不得不感叹大自然的鬼斧神工。

早就听人说,不游太平山就等于没来香港。于是,在家人的陪同下,我来到了香港最负盛名的一个观光景点——太平山。

太平山,又称维多利亚峰或扯旗山,海拔554米,位于香港西北部,是香港的标志。据传,嘉庆年间海盗张保仔盘踞港岛时,在山下设东西营盘,并利用该峰作瞭望台,看见海上有商船经过,就用旗号通知山下营寨,出动船只去截劫,故太平山称为扯旗山。

在风景优美的山间环道漫步,可见层层叠叠的摩天大楼拔地而起,一如山间的竹笋破土而出,又似岩洞里的石柱傲然挺立。听人介绍,太平山也是港岛最负盛名的高级住宅区。香港的富豪们选择生活在这样一个远离污染、气候宜人、环境清亮优雅的天然大养吧,享受着真正意义上的蓝天、白云与阳光,是何等的有品位,有生机和活力啊!

远观太平山顶,有个特大的平台,似石柱擎着,又如同一座香炉,在雾气里浮动。阳光斜照在烟雾覆盖的山上,把山染成了紫红色。"日照香炉生紫烟",忽然这句古诗从我的脑海中一跃而出。山中的雾气像一缕缕袅袅上升的轻烟,又似乎在祈祷着香港的和平与安宁。

顺着山间环道,乘山顶缆车,我们一行人边赏美景边聊天,不知不觉就到了香港的最高点——太平山山顶。此时,从山顶观景点凌霄阁放眼远望,享誉全球的维多利亚海港,清新宜人的翠绿山峦,温馨如画的维港风光一览无余。江山如画,那一刻,我站在全港最优越的地理位置,饱览醉人的维港风光,大有"君临天下,威风凛凛"之感。

美丽而妖娆的景色总是能吸引游人。360度观景台——凌霄阁摩天台，此时此刻也正聚集着许多来自五湖四海的人。我站在太平山山顶的观景平台上仰望天空，几朵棉花团似的白云轻轻地在我们的头顶浮动，形态瞬息万变。山顶周围烟雾萦绕，雾气忽浓忽淡。再观远处山峰、高楼，就如同雾里看花，若隐若现了。

往前迈两步，正前方是广阔无垠的大海，远处蔚蓝的天空和碧波荡漾的海水紧紧相连，分不清哪里是海水哪里是蓝天，此刻我才真正体会到"秋水共长天一色"的真实意境。

俗话说"江上无风三尺浪"，海上更是如此。海面上，海浪一浪高过一浪，白浪滔天，水花四溅。猛然间，一阵巨浪排山倒海般地升起，与空中的白云似乎连成一片，可突然间又像瀑布般骤然泻下，挡住我们的视线，随即又消失得无影无踪，此时，我的感觉只能用四个字来形容，那就是惊心动魄！

一群海鸥在海面上展翅翱翔，擦过水面，掠起片片白色的浪花，留下一阵阵"欧欧"的高亢嘹亮的叫声，便自由地飞向蓝天。

风平浪静之后，我才看见大小船只仍在水面上疾驰，把波澜不惊的海水分成两半，中间留下长长的一道水痕。

从望远镜里遥望远处，船只星星点点，小岛灯火闪耀。看着看着我就有点如入梦境，如醉如痴了。我赶紧请一位游客帮忙拍照，记录下我这身处仙境似为仙人的一刻。

  从太平山下来，山脚下便是香港公园了。在香港公园里，我们主要游玩了鸟园：成片的树木用铁丝网隔成一个个独立的区块，鸟群以类而分，在各自的场所栖息、飞翔。鸟儿的品种很多，形态各异，色彩斑斓，有的栖息在树枝，有的跳跃在叶间，有的飞翔在自己的领地上空，有的在快乐地歌唱……游客们手拿鸟食不停地抛向鸟群，逗着鸟儿们嬉戏打闹。

  此刻，看到这群小可爱们夺食的萌萌的样子，我幻想着自己也变成了一只小鸟，融入其中，和它们一起追逐、起舞，尽情地享受着简单、平静而又快乐的生活……

旅美杂记

人老了,总喜欢回忆往事,有时候还喜欢翻出过去的相册看看。

这不,前两天闲来无事,我又翻出了二十多年前我和老伴儿在美国旅游时的照片。一看到这些照片,当年在美国生活时的一幕幕情景就又浮现在我的眼前。

1997年,也就是香港回归的那一年,我和老伴儿,应在国际货币基金组织工作的儿子的邀请,前往美国华盛顿探亲。

(一)

第一次走进异国他乡,感觉一切都是那么新鲜。

这里的人大多是高个头、白皮肤、黄头发、蓝眼睛，走起路来大步流星；还有一些黑人，皮肤黑、头发卷、牙齿白。

美国给我的第二印象是道路宽阔。当时国内高速公路还很少，美国的高速公路已有很多，路面都铺着乌黑的柏油，结实、光滑、平整，车子行驶在上面速度如飞。

一座座不高的楼房，是政府机关及公寓。国际货币基金组织和世界银行并列相连，坐落其间。

连接楼房的是草坪、绿树带、石子路，清雅幽静。

公寓楼一般分布在政府机关的四周，富人居住的别墅都在郊外。市里少见店面和大商场、医院，因为它们都在郊外。通常人们开车去购物，得花费一两个小时。

儿子开车把我们接到了公寓。我们虽旅途劳顿，疲惫不堪，但在好奇心的驱使下，仍是这里看看，那里瞧瞧。

公寓里卧室、更衣室、卫生间集中在一边，一条通道直通客厅。

客厅很大，显得很空。家具很简单，只有一张餐桌、四把椅子和一套沙发。四周都是壁橱，里面可放我们的行李。

厨房位于客厅左侧，也很大，只是里面没有抽油烟机。因为他们从不炒菜，不管什么菜都是用水煮。

地毯是由羊毛制成的,我们进门脱鞋后无须穿拖鞋。人多时大家可以坐在地毯上,很舒服。

从房间到前门大厅,是一条长长的过道。过道里不论天寒地暑、白天黑夜,都灯光明亮,清风习习。

大厅更大更宽,大厅中间有一棵大树,周围小树成簇,一组组白色沙发穿插其间,供人小憩。

我们每天无事时就会到这里坐着,呆呆地望着出出进进的各种不同肤色的人,以打发时间。

管门的是几个黑人,总是面带笑容,对人非常热情。

记得有一次,我们出去玩,把钥匙落在了家里,进不了门。身处异国他乡,语言不通,我们非常着急。

我定下心来后,便打手势向他们求助。他们领悟了我们的意思,态度非常友好,忙用手势招呼我们坐下休息,然后打电话把我儿子叫了回来。

后来当我们想到附近走走、玩玩时,儿子怕我们走失,找不着家,就在一张纸的一面用中文写上"我们要回家,请帮助",以及详细住址和我儿子的电话号码,另一面用英文写着同样的意思。儿子要我们出去玩时带上它,万一迷路回不了家,就把这张纸给别人看,请别人送我们回家。可我们胆小,不敢走得太远,因此没有遇到那种情况。

一星期以后,我们终于有了同伴。他们也是来自中国,子女在华盛顿工作的探亲家属。

大家虽然都不认识,但作为探亲家属,在一起玩,彼此都很亲近,像亲人一样。我经常风趣地说:"同是天涯沦落人,相逢何必曾相识。"有人诙谐地说,桂老师古为今用,用得很合时宜呢!

我们周一到周五每天相聚,双休日由各自子女带着出去玩,很规律。

(二)

转眼间我们来美国已经两周了。

又是一个双休日,儿子在英国伯明翰大学的同学,如今又是同事的一个中国人,想请我们吃饭。下午五点多钟,儿子开车带我们去一家华人开的餐厅赴宴。

虽说是华人开的餐厅,但与国内也有所不同:第一,服务员都是男的,且年龄较大,不像中国服务员大多是年轻的女孩子;第二,大家盘子里的菜会被吃光,用餐文明;第三,大家用餐后,白色桌布还是那么干净、整洁,就像不曾用过一样。这不得不让人从心底里佩服他们的素质。

我们一行共八人:我们老两口、儿子、儿媳,一对请我们吃饭的夫妇,以及另外一对夫妇。饭后结账时,一位同学付了四个人的账单——他们夫妇和我们老两口的账单，其余四人AA制，各付各的。

当时我心里就嘀咕："这都是些什么人，怎么这么抠门儿？"在回来的车上，我问儿子："你们都是这么生活吗？太小气，太不近人情了！晓得这样吃饭，我就不来了。既然这样，为什么还要请客呢？"儿子笑笑说："他是请我父母吃饭，又不是请我吃饭。在美国，您看不惯的事情还多着呢！"

后来我把这事同朋友说了，朋友笑笑说："在美国，咱们看不惯的事情确实很多。有一天，女儿对我说，晚上有几个同事到我家吃饭。我问女儿，来几个人，要准备什么菜。女儿说：'不用准备菜，他们自己带菜来，您炖汤就可以了。'到了晚饭时间，他们来了，每人手里拎了一个塑料袋，袋子里装着一盘子菜，大家在一起一边吃，一边说说笑笑，非常热闹，十分自然。"她当时怎么也想不通，这就是美国人的生活啊？

（三）

我们来美国后去的第一个景点是维农山庄园。儿子告诉我们，美国首任总统华盛顿曾经是这个庄园的主人。现在的农场里，还保存着当年华盛顿劳动时用过的农具和住过的房屋。

当年在农场里劳动的农民的后代，也都一直世袭居住于此。

华盛顿曾组织美国人反抗英国殖民者的暴政，领导了美国的独立战争，使美国大西洋沿岸的13个州摆脱了英国的殖民统治，获得了独立。战后，他又以绝对优势的得票率，当选为美国首任总统，被美国人尊称为国父。后来美国人为纪念这位卓越的国父，特意建造了华盛顿塔，并把美国首都命名为华盛顿。

儿子带我们参观的第二个地方是白宫和五角大楼。

白宫是美国总统的官邸和办公室，是一幢白色的、风格典雅的砂岩建筑，里面布置得很简单。四周是栏杆，栏杆外围是草坪。我们凭参观卡，按时排队，免费参观。

五角大楼不仅供我们免费参观，还有服务人员用中文为我们免费讲解。

又过了两个星期，我们去游览了尼亚加拉大瀑布。

尼亚加拉大瀑布是世界上最大的瀑布之一，位于美国与加拿大之间，雄伟壮观。

我们从华盛顿乘坐一架小型飞机去大瀑布，同行的人里有一位美国高官，就坐在我们身边。他用英语与我儿子交谈，态度和蔼，彬彬有礼。飞机降落在尼亚加拉大瀑布的国际机场，也没人接他，他跟我们一样，打出租车去大瀑布景区。

出租车没行驶一会儿，我们就听见轰隆隆的声音，只见远方的天边雾气弥漫，天空中映射出美丽的彩虹。我们在大瀑布岸边下车，正面目睹大瀑布，俨然是堵水墙。

"水墙"很宽阔，"水墙"上面多条波涛汹涌的支流奔涌而来，下面是低凹的水潭。"水墙"这边是美国，那边就是加拿大。

看大瀑布正面是要坐船的。我们坐在船上，在"水墙"下，在低凹处任船颠簸翻腾，置身于水流的世界里，如梦如幻。

岸边还有一道支流是窄些的瀑布，虽比大瀑布窄，但很高，气势磅礴，要观看须坐电梯下去。

我们坐在岸上排队等候，老伴儿一边喝茶，一边抽烟解闷。

这时，一位美国人走上前来，先是询问老伴儿的茶杯里装了什么，接着又问一支烟多少钱，他要向我们买一支。

我儿子用英语解释那是中国茶，并送给他一支烟，但他怎么也不肯接受。他说，如果不要钱，他也不要烟了。

（四）

来华盛顿一个多月后的一个周末，儿子又带我们去纽约玩。纽约正好有我们老乡——桂家畈的亲戚，是两兄弟，他们早年就到了纽约。这次听说我们来美国，别提有多高兴了，就与我们联系好，到纽约后由他们接待。

早晨我们从华盛顿出发，驱车四个小时，上午十一点左右到达纽约岛外围的酒店，接我们的亲戚早就等着我们了。我们一行六人，来到纽约岛内。

纽约给我们的印象是繁华拥挤，客流量多，歌舞升平的地方比比皆是。难怪有人说华盛顿像北京，纽约像上海呢。

可纽约市的视野没华盛顿那么开阔，两座城市是两种风格。

当我们来到三面高楼的交叉点时，接待我们的亲戚招呼我们下车，说在这里拍张照吧，著名电视剧《北京人在纽约》就是在这里拍的。

随后，他们又带我们上了纽约107层的世贸中心姊妹楼，俯瞰整个纽约市。

下午四点钟，我们来到著名的纽约时代广场。

时代广场是世界有名的广场，它是伸进曼哈顿的一个弧形地面。来这里玩的，各色人种都有，做什么事的都有：打拳的，玩马戏的，玩魔术的，唱戏的，玩斗鸡的，还有专给人画像的中国人，我和老伴儿在此一人画了一张像，作为纪念。

身处时代广场，放眼望去，摩天大楼，鳞次栉比，宛若小孩子搭的积木层层叠叠浮于空中。

曼哈顿岛三面环水，在它的不远处即是自由岛，岛上矗立着我们经常在电视里看到的自由女神像。我们不仅登上基座的观景台环顾了整座岛以及对岸，还在女神像内部登上了冠冕处。

当我们乘船从自由岛回到曼哈顿岛时，已是下午六点钟。

晚餐是我们的亲戚——桂家两兄弟招待的。

他们的根在中国，体内流淌着中国人的血液，热情好客是他们的本能。因此，那天的晚餐，是我们来美国后最丰盛的一顿饭。招待我们的俩兄弟，把对祖国的思念，对故乡故土的淳朴感情，都盛在了杯中。

"醇酿满满斟，杯杯寄深情。"席间觥筹交错，声声祝福。"今日共席喜可庆，不知下次有还无"，说着说着，我与他俩都哭了，最后，还是儿子劝住了我们。

谁知，席间的这些无意之言还真的一语成谶。我与他们真的没有了下次相聚，他们两兄弟前几年就已去世。许是上帝有情，才给我们安排了那次最后的会面机会。

我们在美国生活了四个月，对美国的风土人情有了直观的了解。美国给我们的总体印象是生态环境好：人们走到哪里，哪里就是风景区，到处都有水流、树丛，甚至有松鼠满地跑；室外除了公路就是草坪，一尘不染。

在美国生活的四个月，是我人生中的一段小插曲，给我的人生经历增添了一缕色彩，使我的人生多了一些韵味。现在回忆起来，感觉还是挺美的。